Vente du Lundi 19 au Samedi 24 Novembre 1888

28, Rue des Bons-Enfants, salle Silvestre

CATALOGUE

DES

LIVRES ANCIENS

ET MODERNES

COMPOSANT

LA BIBLIOTHÈQUE DE FEU M. E. MARCELIN

FONDATEUR DE LA *VIE PARISIENNE*

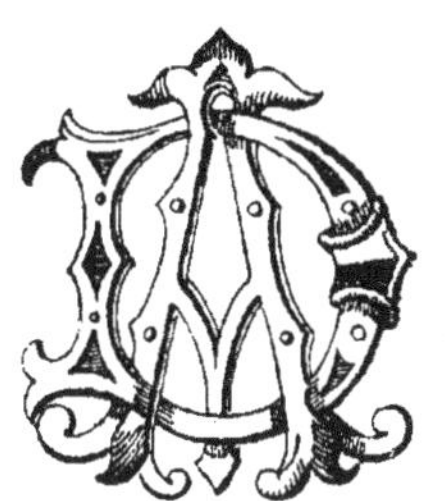

PARIS

A. DUREL, LIBRAIRE

21, RUE DE L'ANCIENNE-COMÉDIE, 21

9 ET 11, PASSAGE DU COMMERCE, 9 ET 11

1888

Paris. — Typ. G. Chamerot, 19, rue des Saints-Pères. — 23438

CATALOGUE

DES

LIVRES ANCIENS
ET MODERNES

COMPOSANT

LA BIBLIOTHÈQUE DE FEU M. E. MARCELIN

FONDATEUR DE LA *VIE PARISIENNE*

LA VENTE AURA LIEU

Du Lundi 19 au Samedi 24 Novembre 1888

A huit heures précises du soir

RUE DES BONS-ENFANTS, 28 (MAISON SILVESTRE)

SALLE N° 3, au rez-de-chaussée

Par le Ministère de Mᵉ **PAUL CHEVALLIER**, Commissaire-Priseur

10, RUE GRANGE-BATELIÈRE

Assisté de **M. A. DUREL**, libraire-expert

21, RUE DE L'ANCIENNE-COMÉDIE, ET 9 ET 11, PASSAGE DU COMMERCE

EXPOSITION DE 2 HEURES A 4 HEURES

CONDITIONS DE LA VENTE

La vente se fait au comptant.

Les acquéreurs payeront 5 p. 100 en sus des enchères, applicables aux frais.

LES LIVRES NE SERONT REPRIS QU'AU CAS OU ILS SE TROUVERAIENT INCOMPLETS

M. A. DUREL, **chargé de la vente, remplira les Commissions des personnes qui ne pourraient y assister.**

M. A. DUREL se réserve la faculté de réunir et de vendre en un seul lot tels articles du Catalogue qu'il jugera utile à l'intérêt de la vente.

CATALOGUE

DES

LIVRES ANCIENS

ET MODERNES

COMPOSANT

LA BIBLIOTHÈQUE DE FEU M. E. MARCELIN

FONDATEUR DE LA *VIE PARISIENNE*

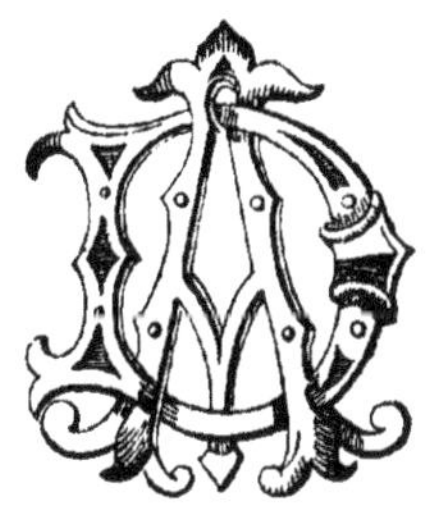

PARIS

A. DUREL, LIBRAIRE

21, RUE DE L'ANCIENNE-COMÉDIE, 21

9 ET 11, PASSAGE DU COMMERCE, 9 ET 11

—

1888

ORDRE DES VACATIONS

PREMIÈRE VACATION

	Numéros.
Lundi 19 Novembre	1 à 164

DEUXIÈME VACATION

Mardi 20 Novembre	165 à 321

TROISIÈME VACATION

Mercredi 21 Novembre	322 à 485

QUATRIÈME VACATION

Jeudi 22 Novembre	486 à 638

CINQUIÈME VACATION

Vendredi 23 Novembre	639 à 845

SIXIÈME VACATION

Samedi 24 Novembre	846 à 931

Livres en Lots

CATALOGUE

DES

LIVRES ANCIENS

ET MODERNES

COMPOSANT LA

BIBLIOTHÈQUE DE FEU MR E. MARCELIN

FONDATEUR DE LA « VIE PARISIENNE »

1. **About** (E.). Le Roi des Montagnes, 5e édit. illustrée par G. Doré. *Paris, Hachette et Cie*, 1861, in-8. — L'Homme à l'oreille cassée. Edition illustrée de 61 compositions par E. Courboin. *Paris*, 1884, gr. in-8. — Ensemble 2 vol. demi-rel. chag. r. et br., couv.

2. **Abrantès** (Mme d'). Mémoires ou souvenirs historiques sur Napoléon, la Révolution, le Directoire, le Consulat, l'Empire et la Restauration. *Paris, Mame*, 1835, 12 vol. in-8, demi-rel. v. bl.

3. **Abrantès** (Mme d'). Mémoires sur la Restauration, ou Souvenirs historiques sur cette époque, la Révolution de 1830, et les premières années du règne de Louis-Philippe, par Mme la duchesse d'Abrantès. *Paris*, 1838, 6 vol. in-8, demi-rel. v. rose.

4. **Abrantès** (Mme d'). Histoire des Salons de Paris, tableaux et portraits du grand monde, sous Louis XVI, le Directoire, le Consulat et l'Empire, la Restauration, et le règne de Louis-Philippe Ier, par la duchesse d'Abrantès. *Paris, Ladvocat*, 1838, 6 vol. in-8, demi-rel. v. f., tr. peig.

5. **Abrantès** (duc d'). Les Boudoirs de Paris. *Paris, Recoules*, 1845, 6 vol. in-8, br.

6. **Abrégé** de l'histoire romaine, orné de 49 gravures qui en représentent les principaux sujets. *Paris, Lecrivain,* 1816, in-4, front. gr. et 48 fig., cart., non rog.

7. **Adam** (V.). Proverbes en actions. Album composé et lithographié par V. Adam. *Paris, Aubert et Cie, s. d.*, in-4 de 22 pl., cart. (*Cart. de l'éditeur.*)

8. **Aigrefeuille** (Ch. d'). Histoire de la ville de Montpellier, depuis son origine jusqu'à notre temps, avec un abrégé historique de tout ce qui précéda son établissement. *Montpellier, J. Martel,* 1737, in-fol., vig. et plans, mar. r., dos orné, dent. sur les pl., tr. dor. (*Rel. anc.*)

Mouillures.

9. **Albanès** (A. d') et G. **Fath.** Les Nains célèbres depuis l'antiquité jusques et y compris Tom Pouce, illustrés par Ed. de Beaumont. *Paris, G. Havard, s. d.* (1845). — Les Mystères du collège, par d'Albanès, illustrés par Eustache Lorsay. *Paris, G. Havard,* 1845. — Ensemble 1 vol. pet. in-8, demi-rel. chag. r. pl. toile, tr. dor.

10. **Albert** (Paul). La Littérature française, des origines au XVIIIe siècle. *Paris, Hachette et Cie,* 1872-1876, 3 vol. — La Poésie. *Paris,* 1874, 1 vol. — La Prose. *Paris,* 1874, 1 vol. — Ensemble 5 vol. in-12, cart. perc. grise, tête éb., non rog. (*Pierson.*)

11. **Alboize** et Ch. **Élie.** Fastes des gardes nationales de France. *Paris, Goubaud,* 1849, 2 vol. gr. in-8, fig. en noir et color., cart., non rog.

12. **Album chinois.** Suite de douze miniatures très finement exécutées sur papier de riz, en 1 vol. in-folio oblong, cart. en satin de Chine.

13. **Albums chinois et japonais.** 20 vol. in-folio, in-4, in-8, in-12, contenant grand nombre de fig. peints à l'aquarelle et imprimés en couleurs.

Ce numéro sera divisé.

14. **Album** de la Chasse illustrée. *Paris, F. Didot et Cie*, in-fol., rel. perc. r., ornem. dorés sur les plats, tr. dor.

15. **Album,** ou Collection complète et historique des Costumes de la cour de Rome, des Ordres monastiques, religieux et militaires et des Congrégations séculières des deux sexes contenant 80 figures dess. et color. d'après nature par G. Perugini, et accompagné d'un texte explicatif, tiré du P. Hélyot, 2e édit. *Paris, Camerlinck,* 1862, in-4, demi-rel. chag. r., pl. toile, tr. dor.

16. **Alciat** (Emblèmes d') de nouveau trâslatez en frâçois vers pour vers iouxte les latins. *Lyon, Guill. Rouille*, 1549, in-8, fig. sur bois, v. marbr. avec fermoir.

17. **Alhoy** (M.). Les Bagnes, histoire, types, mœurs, mystères. Édition illustrée par de Rudder, Bertall, Janet-Lange, etc. *Paris, G. Havard.* — Les Prisons de Paris, histoire, types, mœurs, mystères. Édition illustrée. *Paris*, 1846. — Ensemble 2 vol. gr. in-8, demi-rel. chag. et v. f.

Manque, dans les *Prisons de Paris*, le classement des gravures.

18. **Aiken** (H.). The National Sports of Great Britain, fifty engravings, with descriptions. *London, Th. Mc Lean*, 1825, gr. in-4, pl. (50) color., demi-rel. dos et coins de chag. vert, tr. dor.

19. **Allom** (Th.). L'Empire chinois, illustré d'après les dessins pris sur les lieux, par Thomas Allom, avec les descriptions des mœurs, des coutumes, etc., depuis les temps les plus reculés jusqu'à nos jours, par Cl. Pellé. *Londres, Fischer fils et Cie*, *s. d.*, 4 vol. in-4, demi-rel. v. br., pl. toile, tr. dor.

20. **Almanachs** royaux, 5 vol. in-8, veau et mar.

Années 1714-1756-1789-1793-An XII.

21. **Amicis** (Edm. de). Constantinople, ouvrage trad. de l'italien par Mme J. Colomb et illustré de 183 reproductions de dessins pris sur nature, par C. Biseo. *Paris, Hachette et Cie*, 1883, gr. in-8, br.

22. **Amman** (J.). Insignia sacrae Caesareae majestatis, principum electorum, aliquot illustrissimarum, illustrium, nobilium et aliarum familiarum, formis artificiosissimis expressa : addito cuique peculiari symbolo et carmine octrasticho, quibus cum ipsum insigne, tum symbolarum, ingeniose sine ulla arrogantia vel mordacitate literaliter explicantur; his adjecta sunt totidem vacua (ut appellant) Scuta, ut alii quoque quibus hoc institutum placebit, suæ etiam gentis imagines penicillo adjicire possint. *Francofurti ad Mœn., Sigis. Feyerabend*, 1579. in-4, fig. sur bois, parchemin.

23. **Anacréon.** Recueil de compositions dessinées par Girodet et gravées par Chatillon son élève, avec la traduction en prose des Odes de ce poète faite également par Girodet, publ. par son héritier et par les soins de MM. Becquerel et P.-A. Coupin. *Paris, Chaillou-Potrelle* (*imprim. de*

F.-Didot), 1825, in-4, pl. (54), *épreuves sur pap. de Chine*, demi-rel., chag. r.

Le même ouvrage. *Paris, F.-Didot et Cie*, 1863, in-4, pl. (54), cart., éb. (*Cart. de l'éditeur.*)

24. **Anacréon**. Odes, texte grec, avec traduction française et notice par Amb.-F.-Didot, et 54 sujets photographiés d'après les dessins de Girodet. *Paris, F.-Didot frères*, 1864, in-16, texte encadré de filets rouges, rel. plein chag. gren., tête éb., non rog.

25. **Anecdotes** piquantes de Bachaumont, Mairobert, etc., pour servir à l'histoire de la Société française à la fin du règne de Louis XV (1762-1774), avec des notes et une table bibliographique, publ. par J. Gay. *Bruxelles, Gay et Doucé*, 1881, in-12, pap. de Holl., front. gr. à l'eau-forte sur Chine volant, br., couv.

26. **Anglais** (les) peints par eux-mêmes, par les Sommités littéraires de l'Angleterre, dessins de Kenny Meadous, traduction de Em. de Labédollière. *Paris, L. Curmer*, 1840-41, 2 vol. gr. in-8, fig. et nomb. vign. dans le texte, demi-rel. v. br.

27. **Anselme** (le P.). Le Palais de l'honneur ou la Science héraldique du blazon, contenant l'origine et l'explication des armoiries, les généalogies historiques des illustres maisons de France et autres nobles familles de l'Europe. *Paris, Est. Loyson*, 1686, in-4, blasons, v. br. (*Mouillures.*)

28. **Antichita** (le) di Ercolano, esposte con qualche spiegazione (da Ottav.-Ant. Bajardi). *Napoli, regia stampa*, 1757, gr. in-fol., fig., cart.

Peintures (tome 1er), front. gr., portr., vign. et 50 planches.

29. **Antiquités** étrusques, grecques et romaines, tirées du cabinet de M. Hamilton (par P.-F. Hugues dit d'Hancarville), en anglais et en français. *Naples*, 1766-67 (tomes I et II), in-fol., fig. en noir et color., v. porph. (*Quelques mouillures.*)

30. **Antiquités** étrusques, grecques et romaines, gravées par F.-A. David, avec leurs explications par d'Hancarville. *Paris, chez l'auteur*, 1785-88, 5 vol. in-4, fig. en noir et color., v. marb.

31. **AQUARELLISTES FRANÇAIS** (Société d'). Ouvrage d'art publié avec le concours artistique de tous les sociétaires, texte par les principaux critiques d'art. Illustré de photogravures tirées en couleur dans le texte et hors texte,

dessins à la plume. *Paris, H. Launette*, 1883, 2 vol. in-fol. en 8 fasc. en feuilles, dans des cartons illust.

32. **Arène** (P.). La Vraie Tentation du grand saint Antoine. Contes de Noël, illustrés par Vollon, Bastien-Lepage, etc. *Paris, Charpentier*, 1880. — La Princesse Méduse, conte par D. Darc, illustré par F. Régamey. *Paris*, 1880. — Dans les nuages, impressions d'une chaise, par Sarah Bernhardt, illustré par G. Clairin. *Paris, s. d.* — Ens. 3 vol. in-4, rel. perc. r. fers spéciaux, tr. dor.

33. **Arioste**. Roland furieux, traduction nouvelle et en prose par V. Philipon de la Madelaine, édition illustrée de 300 vignettes et de 25 magnifiques planches tirées à part sur Chine, par T. Johannot, Baron, Français et C. Nanteuil. *Paris, J. Mallet et Cie*, 1844, gr. in-8, demi-rel. chag. r., tête dor. éb.

Manque le placement des gravures.

34. **Arioste.** Roland furieux, poème héroïque, traduit par A. J. Du Pays, et illustré par G. Doré. *Paris, Hachette et Cie*, 1879, in-fol., cart. toile r., fers spéciaux. (*Cart. des éditeurs.*)

35. **Army and Navy**. Drolleries by major Seccombe with descriptions, and illustrations from designs by the author, printed in colours by Kronheim. *London, F. Warne and C^{o}*, *s. d.*, in-4, pl. color. cart. toile, fers spéciaux.

36. **Arnault** (A. V.). Vie politique et militaire de Napoléon. Ouvrage orné de planches lithogr. d'après les dessins originaux des premiers peintres de l'école française, exécutées par les plus habiles artistes. *Paris, Babeuf*, 1822-26, 2 tomes en 1 vol, in-fol. max. renfermant 136 tableaux, demi-rel. v. (*Rel. fatiguée.*)

Déchirures dans les marges à quelques planches, et mouillures.

37. **Arnault** (A.-V.). Vie politique et militaire de Napoléon, ouvrage orné de planches lithographiées, d'après les dessins originaux des premiers peintres de l'école française. *Paris, V. Rozier*, 1822-1861, 2 tomes en 1 vol. in-fol. max., pl., demi-rel. bas., non rog.

38. **Arnault** (Ant.-Vincent). Les Souvenirs et les regrets du vieil amateur dramatique, ou Lettres d'un oncle à son neveu sur l'ancien Théâtre français, depuis Bellecour jusqu'à Ollivier. *Paris, Ch. Froment*, 1829, in-12, fig. demi-rel. bas.

Ouvrage orné de 35 gravures coloriées représentant en pied, d'après les miniatures originales, faites d'après nature, de Foech de Basle et de Whirsker, ces différents acteurs dans les rôles où ils ont excellé.
Manque 1 planche.

39. **Arnould** (A.). Les Jésuites depuis leur origine jusqu'à nos jours, histoire, types, mœurs, mystères. Edition illustrée par T. Johannot, J. David, Janet-Lange, etc., etc. *Paris, M. Lévy frères*, 1846, 2 vol. gr. in-8, demi-rel. v. bl.

40. **Art** (l'). Revue hebdomadaire illustrée. Années 1875 à 1886. *Paris, Librairie de l'Art*, 1875-1886, 15 vol. in-fol., rel. toile r., tête dor., éb.

1875, 3 vol. — 1876, 4 vol. — 1877, 4 vol. — 1885, 2 vol. — 1886, 2 vol., en plus 52 livraisons pour l'année 1881. — 18 pour 1882. — 26 pour 1883. — 26 pour 1884.

41. **Atkinson** (T. W.). Oriental and Western Siberia : a narrative of Seven Year's Explorations and Adventures in Siberia, Mongolia, the Kirghis Steppes, Chinese Tartary, and part of central Asia, with a map and numerous illustrations. *London, Hurst and Blac-Kett*, 1858, gr. in-8, pl. color., cart. toile, fers spéciaux, non rog.

42. **Aubry** (Ch.). Histoire pittoresque de l'équitation ancienne et moderne. *Paris, Ch. Motte, s. d.* (1834), in-fol., pl. (24) tirées sur chine, cart.

43. **Aufauvre** (A.) et Ch. **Fichot.** Les Monuments de Seine-et-Marne, description historique et archéologique et reproduction des édifices religieux, militaires et civils du département. *Paris*, 1858, in-fol., plan et pl. hors texte, demi-rel. chag. bl.

44. **Autrefois ou le Bon vieux Temps.** Types français du XVIIIe siècle. Texte par Ph. Audebrand, Roger de Beauvoir, E. Deschamps, P. Lacroix, Mme A. Tastu, etc. Vignettes par T. Johannot, Th. Fragonard, Gavarni, etc. *Paris, Challamel et Cie, s. d.* (1842), gr. in-8, cart. toile, fers spéciaux, non rog.

45. **Balzac** (H. de). Œuvres. *Paris, Charpentier*, 1839-1840, 10 vol. in-12, demi-rel. v. vert, non rog.

Scènes de la vie de province, 2 vol. — Scènes de la vie parisienne, 2 vol. — Eugénie Grandet, 1 vol. — La Peau de chagrin, 1 vol. — Le Lys dans la vallée, 1 vol. — Balthazar Claës, ou la Recherche de l'absolu, 1 vol. — Le Médecin de campagne, 1 vol. — Histoire des Treize.

46. **Balzac** (H. de). Œuvres complètes. *Paris, Furne, Dubochet, Hetzel et Paulin*, 1842-1868, 20 vol. in-8, fig. demi-rel. chag. violet.

47. **Balzac** (H. de). La Peau de chagrin, édition illustrée de 100 gravures en taille-douce. *Paris, Ledoux, s. d.* (1838). — Petites Misères de la vie conjugale, illustrées par Bertall. *Paris, Chlendowski, s. d.* (1845). — Ensemble 2 vol. gr. in-8, cart. toile, tr. dor. (*Rel. des éditeurs.*)

48. **Balzac** (H. de). Les Contes drolatiques, colligez ez abbayes de Touraine et mis en lumière pour l'esbattement des Pantagruelistes et non aultres. Cinquiesme édition illustrée de 425 dessins par Gustave Doré. *Se trouve à Paris ez Bureaux de la Société générale de librairie*, 1855, in-8, cart. toile, non rog.

49. **BAR** (J.-Ch.). **RECUEIL DE TOUS LES COSTUMES** des ordres religieux et militaires, avec un abrégé historique et chronologique, enrichi de notes et planches coloriées par M. Bar (tomes I à V). *Paris, chez l'auteur*, 1778-1786, 5 tomes rel. en 3 vol. in-fol., v. marb.

50. **Barante** (de). Histoire des ducs de Bourgogne de la Maison de Valois (1364-1477). *Paris, Ladvocat*, 1826, 13 vol. in-8, demi-rel. v. vert, non rog.

51. **BARLETIO** (Marino). Histoire de Georges Castriot, surnommé Scanderberg, roi d'Albanie (en allemand). *Francfort*, 1577, in-fol. avec 155 grav. sur bois, par Jost. Amman et autres, cart.

52. **BARLEUS** (Gasp.). **MARIE DE MÉDICIS ENTRANT DANS AMSTERDAM**, ou Histoire de la réception faite à la reyne mère du roy très chrétien par les Bourgmaistres et Bourgeoisie de la ville d'Amsterdam, trad. du latin de Gaspard Barleus. *Amsterdam*, 1638, in-fol., portrait et pl. (14), rel. bas., tr. dor. (*Cachet sur le titre à la fin du volume et à quelques planches.*)

Exemplaire en papier fort, avec les figures AVANT LES NUMÉROS.

53. **Barron** (L.). Les Environs de Paris, ouvrage illustré de 500 dessins d'après nature, par G. Fraipont, et accompagné d'une carte en couleur. *Paris, A. Quantin, s. d.*, in-4, cart. perc., fers spéciaux, tr. dor.

54. **Barthélemy**. Némésis, 6e édition ornée de 15 gravures d'après Raffet. *Paris, Perrotin*, 1840, in-8. — Napoléon en Egypte, Waterloo et le fils de l'homme, édition illustrée par H. Vernet et H[te] Bellangé. *Paris, Bourdin, s. d.* (1842), gr. in-8. — Ensemble 2 vol., demi-rel. v.

55. **Baschet** (A.). Le Duc de Saint-Simon, son cabinet et l'historique de ses manuscrits. *Paris, Plon et Cie*, 1874, in-8, eau-forte, br.

56. **Baucher** (F.). Méthode d'équitation basée sur de nouveaux principes, planches par L. Heyrauld. *Paris*, 1842, 1 vol. — Traité d'équitation illustré, par le comte d'Aure. *Paris*, 1870, 1 vol. — Ensemble 2 vol. in-8, rel. et br., fig.

57. **Baudatrio** (Wil.). Polemographiae auraico-belgica, sive viva delineatio ac descriptio omnium praeliorum, obsidium, etc., quae durante bello in Belgii provinciis sub ductu Guillelmi et Mauricii gesta sunt. *Amstelodami, apud Mich. Colin*, 1622, 2 part. en 1 vol. in-4, pl. (285) demi-rel. v. br.

58. **Baudrillart** (H.). Histoire du luxe privé et public, depuis l'antiquité jusqu'à nos jours. *Paris, Hachette et Cie*, 1880, 4 vol. in-8, br.

59. **Baudry** (P.). Peintures décoratives du grand foyer de l'Opéra. Notice biographique et description par E. About. *Paris, Goupil et Cie*, 1876, gr. in-fol., pl. (39), demi-rel. dos et coins de mar. r., pl. toile, fers spéciaux sur l'un des plats, pl. mont. sur onglets. (*Rel. des éditeurs.*)

60. **Beattie** (W.). L'Écosse pittoresque, ou Suite de vues prises expressément pour cet ouvrage, par E. Allom, W. H. Bartlett, texte par W. Beattie, trad. de l'anglais par L. de Bauclas. *Londres, G. Virtue*, 1838, 2 vol. in-4, fig. rel. plein chag. vert., dos et pl. ornés, tr. dor.

61. **Beautés de l'Opéra** (les) ou chefs-d'œuvre lyriques, illustrés d'après les premiers artistes de Paris et de Londres, sous la direction de Giraldon, avec un texte explicatif rédigé par Th. Gautier, J. Janin et Ph. Chasles. *Paris, Soulié*, 1845, in-4, texte avec encadrements, vign. et portraits sur acier, demi-rel. chag. bl. foncé, tr. dor.

62. **Beauvoir** (Cte de). Voyage autour du monde. Australie, Java, Siam, Canton, Pékin, Yeddo, San Francisco. *Paris, Plon et Cie*, 1875. — Voyage autour du monde, nouvelle édition illustrée de 300 gravures. *Paris*, 1878. — Ensemble 2 vol. gr. in-8, cartes et fig., broché et demi-rel. chag. vert, tr. dor.

63. **Beaux-Arts,** 4 vol. in-8, br. et cart. perc. non rog.

Correspondance de François Gérard, peintre d'histoire. *Paris*, 1867, 1 vol. — Ingres, sa vie, ses travaux, sa doctrine, par le vicomte Henri Delaborde. *Paris*, 1870, 1 vol. — Raffet, sa vie et ses œuvres, par Aug. Bry. *Paris*, 1874, 1 vol. — Les Drevet (Pierre, Pierre-Imbert et Claude), par Amb. F.-Didot. *Paris*, 1876, 1 vol.

64. **Beaux-Arts,** 6 vol. gr. in-8 et in-8, rel. et br.

Salon d'Horace Vernet, par Jouy et Jay. *Paris*, 1822. — Mémoires et documents inédits sur Ant. Van Dyck, P.-P. Rubens, par W. Hookham Carpenter, traduit par L. Hymam. *Paris*, 1845 (2 exempl.). — Rubens et l'école d'Anvers, par Alf. Michiels. *Paris*, 1854. — Atelier de Fortuny, œuvre posthume, objets d'art et de curiosité. *Paris*, 1875 (2 exempl.).

65. **Beaux-Arts** (les), illustration des arts et de la littérature. *Paris, L. Curmer*, 1843-1844, 3 vol. in-4, nomb. pl. hors texte et fig. dans le texte, demi-rel. bas.

66. **Becker** (C.). Kunstwerke und Geräthschaften des Mittelalters, und der Renaissance, herausgegeben von C. Becker und I. von Hefner. *Frankfort, H. Keller*, 1852-1863, 3 vol. gr. in-4, avec 216 pl. color., demi-rel. mar. r., dos ornés, fil., tête dor., non rog.

67. **Belèze** (G.). Dictionnaire universel de la vie pratique à la ville et à la campagne, 4e édit. *Paris, Hachette et Cie*, 1873, gr. in-8, cart. toile r.

68. **Bell** (Rob.). Golden Leaves from the works of the poets and painters. *London*, 1863, 1 fort vol. in-8 carré, nombr. vign., rel. toile verte, fers spéciaux, tr. dor.

69. **Bellanger** (Stan.), de Tours. La Touraine ancienne et moderne, avec une préface de M. l'abbé Orsini, illustrée par Th. Frère, Brevière, Lacoste aîné, de Bar, etc. *Paris, L. Mercier*, 1845, gr. in-8, nomb. vign. dans le texte, pl. hors texte et blasons color., rel. plein chag. vert, dos orné, fil. encad. sur les pl., tr. dor.

70. **Bellori** (Jo.-Petro). Admiranda romanarum antiquitatum, ac veteris sculpturæ vestigia, a P. Sante Bartolo del. et incisa, notis Jo. P. Bellori illustrata. *Romae, de Rubeis, s. d.*, (1730) in-fol. obl., 81 pièces, vélin. (*Rel. anc.*)

71. **Benoist** (Ph.). L'Italie monumentale et artistique, vues et monuments, dessinés d'après nature, par Ph. Benoist et lithographiés aux deux crayons, par Bachelier, Ph. Benoist et Jacottet. *Paris, Bulla, s. d.*, in-fol. de 48 pl. demi-rel. bas., pl. mont. sur onglets.

72. **Béranger** (P.-J. de). Œuvres complètes, édition unique revue par l'auteur, ornée de 104 vignettes en taille-douce, dessinées par les peintres les plus célèbres. *Paris, Perrotin*, 1834, 1 vol. — Musique des chansons, contenant les airs anciens et modernes les plus usités. *Paris, Perrotin*, 1834, 1 vol. — Ensemble 5 vol. in-8, v. f., pl. gaufrés. (*Mouillures.*)

73. **Béranger** (P.-J. de). Œuvres complètes (tome V). Supplément. *Paris, chez tous les marchands de nouveautés*, 1834, in-8, fig., demi-rel. v. r.

74. **Béranger** (P.-J. de). Œuvres complètes, nouv. édit. revue par l'auteur, illustrée de 52 belles gravures sur acier d'après les dessins de Charlet, A. de Lemud, Johannot, Pauquet, Raffet, etc. *Paris, Perrotin*, 1847, 2 vol. in-8, portr., fac-similé et fig., demi-rel. chag. r.

75. **Béranger** (P.-J. de). Chansons anciennes et posthumes, nouvelle édition populaire ornée de 161 dessins inédits et de nomb. vignettes, par Andrieux, Bayard, Darjou, Giacomelli, Pauquet, etc. *Paris, Perrotin*, 1866, in-4, demi-rel.

76. **Bérat** (F.). Chansons, paroles et musique. Illustrations par T. Johannot, Raffet, Bida, C. Nanteuil, Pauquet, etc. gr. sur bois par Jardin. *Paris, Curmer, s. d.* (1853), in-8, portr., demi-rel. chag. r., dos orné, tr. dor.

77. **Bernis** (Cardinal de). Mémoires et lettres (1715-1758), publiés d'après les mss. inédits, par Frédéric Masson. *Paris, Plon et Cie*, 1878, 2 vol. in-8, portr. et fac-similé, br.

78. **Bertall**. La Comédie de notre temps. — La Civilité. — Les Mœurs. — Les Coutumes. — Les Manières et les Manies de notre époque, 1 vol. — Les Enfants. — Les Jeunes. — Les Murs. — Les Vieux, études au crayon et à la plume, 1 vol. *Paris, Plon et Cie*, 1874-1875, 2 vol. gr. in-8, demi-rel. chag. gren., dos ornés, fil., non rog.

Premier tirage des figures.

79. **Bescherelle** aîné et **L.-J. Larcher**. La Femme jugée par les grands écrivains des deux sexes. *Paris, Simon*, 1846, gr. in-8, fig. demi-rel. chag. violet.

80. **Beschryving** der meuwliiks urtgevonden en geoctrojeerde Slang-Brand-Spuiten en Haare wijze van Brand-Blussen... Nevens Beschryving der Brand-ordres van de Stad Amsterdam, door der zelver inventeur Jan vander Heide en Jan vander Heider de Jonge. *Amsterdam, J. Rieuwertsz*, 1690, in-fol., pl. (18), cart.

81. **Bible**. Icones Biblicae, praecipuas sacrae scripturae et historias eleganter et graphicè représentantes. *Amsterdam, Cornelis, Danckertz*, 1648, in-4 obl., fig., v. f., dos orné, milieux sur les plats, dent. int., tr. dor. (*Mouillures, déchirures et raccommodages.*)

82. **Bible**. La Sainte Bible traduite par Le Maistre de Sacy, ornée de 32 magnifiques gravures, d'après Raphaël, Lebrun, Rubens, Girodet, H. Vernet, Raffet, Johannot, etc., gravées par l'élite des artistes français. *Paris, Furne et Cie*, 1846, gr. in-8 à 2 col., fig. et cartes, rel. plein chag. gren., fers spéciaux, tr. dor.

83. **Bible.** La Sainte Bible, traduite sur le latin de la Vulgate par Le Maistre de Sacy pour l'Ancien Testament, et par le P. Paul Lallemant pour le Nouveau Testament, accompagnée de nombreuses notes explicatives par **M.** l'abbé Delaunay, 2e édit. *Paris, L. Curmer*, 1860, 5 vol. in-4, fig. (32 au lieu de 50), br. non rog., couv.

84. **Bible.** La Sainte Bible, trad. en français par Le Maistre de Sacy, nouv. édit. revue par M. l'abbé Jacquet, et illustrée de 40 gravures sur acier, d'après les plus grands maîtres. *Paris, Garnier frères*, 1875, gr. in-8, à 2 vol., br.

85. **BIBLIOTHÈQUE DES MERVEILLES**, publiée sous la direction de M. Édouard Charton. *Paris, Hachette et Cie*, 1867-1882, 70 vol. in-12, fig. cart. perc. bl., fers spéciaux, tr. r.

86. **Blanc** (Ch.). Les Artistes de mon temps. *Paris, Firmin Didot et Cie*, 1876, gr. in-8, nomb. fig. dans le texte, demi-rel. dos et coins de chag. r., dos orné, fil., tête dor., éb.

86 *bis*. — Le même, broché.

87. **Blanc** (Ch.) Histoire des peintres de toutes les écoles, depuis la Renaissance jusqu'à nos jours. *Paris, Vve J. Renouard*, in-4 en liv.

Environ 100 livraisons.

88. **Blanc** (L.). Histoire de dix ans (1830-1840). *Paris, Pagnerre*, 1849, 5 vol. — Histoire de huit ans (1840-1848), par Élias Regnault. *Paris, Pagnerre*, 1852, 3 vol. — Ensemble 8 vol. in-8, fig., demi-rel. chag. vert.

89. **Blanchard** (P.) et **A. Dauzats**. San Juan de Ulina, ou relation de l'expédition française au Mexique sous les ordres du contre-amiral Baudin. *Paris, Gide*, 1839, gr. in-8, fig. tirées sur chine, demi-rel. chag. noir. (*Mouillures.*)

90. **Boccace.** Contes (le Décaméron), trad. de l'italien et précédés d'une notice historique par A. Barbier, vignettes par T. Johannot, H. Baron, C. Nanteuil, Grandville, etc. *Paris, Barbier*, 1846, gr. in-8, demi-rel. bas.

91. **Boileau.** Œuvres de Nicolas Boileau Despréaux, avec des éclaircissemens historiques donnez par lui-même; nouvelle édition revue, corrigée et augmentée de diverses remarques (par Brossette). *Amsterdam, David Mortier*, 1718, 2 vol. in-4, front. gr., portr. de la princesse de Galles et fig. de B. Picart, v. f. ant. tr. dor.

Déchirure au portrait de la princesse de Galles.

92. **Boileau-Despréaux.** Œuvres, avec des éclaircissemens historiques donnés par lui-même, et rédigés par M. Brossette, augmentées de plusieurs pièces, tant de l'auteur qu'ayant rapport à ses ouvrages; avec des remarques et des dissertations critiques, par M. de Saint-Marc, nouv. édit., enrichie de figures gravées d'après les dessins de Picart le Romain. *Amsterdam, D. J. Changuion*, 1772, 5 vol. in-8, demi-rel. v., non rog.

93. **Boileau-Despréaux** (N.). Œuvres, illustrées par Tony Johannot, J.-J. Grandville et Devéria, avec une notice par M. Daunou. *Paris, J. Desmalis*, 1840, gr. in-8, demi-rel. dos et coins de chag. bl.

94. **Boilly** (J.). Collection de costumes italiens dessinés d'après nature en 1827, et lithographiés par J. Boissy, composée de 48 feuilles. *Paris, Daudet, s. d.*, in-4 de 48 pl. color., demi-rel., bas.

95. **Boitard**. Le Jardin des plantes, description et mœurs des mammifères de la ménagerie et du Muséum d'histoire naturelle, précédé d'une introduction historique, descriptive et pittoresque, par J. Janin. *Paris, J.-J. Dubochet et Cie*, 1842, gr. in-8, fig. rel. plein chag. violet, dos orné, milieux tr. dor.

96. **Bonnemaison** (le chevalier de). Galerie de S. A. R. madame la duchesse de Berry; école française, peintres modernes. Ouvrage lithographié par d'habiles artistes, sous la direction de M. de Bonnemaison. *Paris, impr. de J. Didot*, 1822, 2 vol. in-fol. pl. (103 au lieu de 120), demi-rel. chag. r., non rog.

Manque le titre du tome 2 et taché dans la marge du fond.

97. **BONNEVILLE** (Franç.). Portraits des personnages célèbres de la Révolution, avec tableau historique et notice par P. Quénard. *Paris, chez l'auteur*, 1796-1802, 4 vol. in-4, v. rac.

Ouvrage contenant 200 portraits gravés en ovale in-8, à l'eau-forte et au pointillé et 29 planches de costumes.

Le tome 4 est en demi-rel. dos et coins de chag. vert, tête dor.

98. **Borget** (Aug.). La Chine et les Chinois, dessins exécutés d'après nature, par A. Borget, et lithographiés à deux teintes par Eug. Cicéri. *Parir, Goupil et Vébert* (1842), in-fol., demi-rel. chag., pl. toile. (*Mouillures.*)

99. **Bosc** (E.). Dictionnaire de l'art, de la curiosité et du bibelot, ouvrage illustré de 702 gravures et de 4 chromos. *Paris, Firmin-Didot et Cie*, 1883, gr. in-8, demi-rel. dos et coins de chagr. r., dos orné, fil., tête dor., non rog.

100. **Bouillet** (N.). Dictionnaire universel des sciences, des lettres et des arts, 8e édit. *Paris, Hachette et Cie*, 1867, gr. in-8, demi-rel. chagr. r., pl. toile.

101. **Bouillet** (N.). Atlas universel d'histoire et de géographie. *Paris, Hachette et Cie* 1865, gr. in-8, demi-rel. chag. r.

102. **Bordier** (H.). et Ed. **Charton**. Histoire de France depuis les temps les plus reculés jusqu'à nos jours. *Paris*, 1859-1860. 2 vol. gr. in-8 à 2 col, nomb. fig. dans le texte, demi-rel. chag. vert, pl. toile, tr. peig.

103. **Bourgeois**. Recueil de vues et fabriques pittoresques d'Italie, dessinées d'après nature par Bourgeois, suite de 96 pl. in fol., demi-rel.

104. **Brantôme**. Œuvres, nouvelle édition, considérablement augmentée, revue, accompagnée de remarques historiques et critiques (par Le Duchat, Lancelot et Prosp. Marchand). *Londres*, 1779, 15 vol. in-12, portr. maroq. gren., tr. r.

Piqûres de vers au bas de la marge du tome 13.

105. **Brantôme** (de). Œuvres complètes, accompagnées de remarques historiques et critiques. *Paris*, *Foucault*, 1822-23, 8 vol. in-8, br.

Rare.

106. **Breton** (E.). Pompeia décrite et dessinée par Ernest Breton, suivie d'une notice sur Herculanum. *Paris*, *Gide et Baudry*, 1855, gr. in-8, fig. demi-rel. chag. bl., pl. toile, tr. dor.

107. **Bréviaire** tiré du romain, accommodé à l'usage des religieuses Ursulines, contenant tous les offices des mystères et des saints que leurs constitutions ordonnent de célébrer. *Paris*, *Josse*, 1685, gr. in-8, front. et fig. de Ch. Landry, v. gr.

108. **Brillat-Savarin**. Physiologie du goût, ou Méditations de gastronomie transcendante. *Paris*, *Sautelet et Cie*, 1826, 2 vol. in-8, demi-rel. v. r., tr. marb.

Édition originale.

109. **Brockedon** (W.). Egypt et Nubia, from drawings made on the spot by David Roberts, R. A. with historical descriptions by William Brockedon. F. R. S. lithographed by Louis Haghe. *London*, *Moon*, 1846-1849, 2 vol. gr. in-fol., vign. et pl. demi-rel. dos et coins de chag. bl., pl. toile, tr. dor. (*Rel. anglaise.*)

110. **BRUIN** seu **BRAUN** (Georg.). **LE GRAND THEATRE DES DIFFERENTES CITES DU MONDE.** *Bruxelles*, 1572. 6 tomes en 3 vol. in-folio.

Ouvrage recherché à cause des gravures qui sont de Fr. Hogenberg et de Simon Van den Noevel (Novellanus).

Les tomes 1 et 2 rel. en veau gr. et le tome 3 en maroquin rouge dos orné, encad. de fil., tr. dor. (*Rel. anc.*)

111. **Bry** (de). Petits Voyages (en allemand), 1597 à 1606, 8 parties en 1 vol. in-fol., v. écaille, tr. dor., nombreuses figures sur bois.

112. **Bry** (Aug.). Raffet, sa vie et ses œuvres, accompagné de 2 portraits de Raffet lithographiés, de 2 eaux-fortes inédites et de 4 fac-similés. Édition augmentée de 6 fac-similés de lettres inédites de Raffet. *Paris*, *Baur*, 1874, in-8, br., couv.

Tiré à 300 exemplaires.

113. **Buffon et Lacépède.** Œuvres complètes. *Paris*, *Pillot*, 1831-33, 41 vol. in-8, fig. coloriés, demi-rel, v. br., tr. marb. (*Cachet sur les faux titres.*)

114. **Buffon.** Œuvres complètes avec des extraits de Daubenton et la classification de Cuvier. *Paris*, *Furne et Cie*, 1858, 6 vol. gr. in-8 à 2 col., fig. color., demi-rel. chag. vert.

115. **Bulau** (Dr F.). Die Deutsche Geschichte in bildern, nach Originalzeichnungen deutscher Künstler, mit erklärendem Texte von F. Bülau, fortgesetz von Dr H. B. Chr. Brandes und Dr Th. Flathe. *Dresden*, 1862, 3 vol. in-4 obl., pl. (232), demi-rel. chag. bl.

116. **Burette** (Th.). Histoire de France, depuis l'établissement des Francs dans la Gaule jusqu'en 1830, enrichie de 500 dessins par J. David, gravés par V. Chevin. *Paris*, *E. Ducrocq*, 1840, 2 vol. gr. in-8, rel. plein chag. vert, dos et pl. ornés, tr. dor.

Première édition.

117. **Burette** (Th.). Musée de Versailles, avec un texte historique par Théodore Burette. *Paris*, *Furne et Cie*, 1844, 3 vol. in-4, nomb. grav. sur acier, demi-rel. chag. bl., tête dor., non rog.

118. **BURGMAIER.** Images de Saints et Saintes issus de la famille de l'empereur Maximilien Ier. En une suite de 119 planches gravées en bois par différents graveurs d'après les dessins de Hans Burgmaier. *Vienne*, *Stöckl*, 1799, in-fol., pl. (119), demi-rel. bas., éb.

119. **Buvat** (J.). Journal de la Régence (1715-1723), précédé d'une introduction et accompagné de notes, par E. Campardon. *Paris, Plon*, 1865, 2 vol. in-8, br.

120. **Byron** (Galerie des Femmes de lord), 39 planches avec l'explication de chaque planche. *Paris, Charpentier, s. d.*, gr. in-8. — Les Beautés de lord Byron, galerie de 15 tableaux tirés de ses œuvres, accompagnée d'un texte, trad. par Am. Pichot. *Paris, Aubert*, 1839, in-4. — Ensemble 2 vol. rel. plein chag. violet, tr. dor. et cart. fers spéciaux, tr. dor.

121. **Calame** (A.). Leçons de dessin appliqué au paysage, par A. Calame. Collection composée de 132 pl. en 2 vol. in-fol. en portefeuille.

122. **Caracci**. Le Arti di Bologna disegnate da Annibale Caracci ed intagliate da Simone Giulini coll' assistenzadi. Alessandro Algardi. *Roma*, 1740, in-fol., portr. et 80 pl., rel. vélin. (*Mouillures*.)

123. **Casanova de Seingalt** (J.). Mémoires, extraits de ses manuscrits originaux; publiés par G. de Schutz. *Paris, Tournachon-Molin*, 1825-1829, 14 tomes en 7 vol. in-12, demi-rel. bas. verte.

124. **Castillo** (Bernal Diaz del). Histoire véridique de la conquête de la Nouvelle-Espagne, traduction par D. Jourdanet. *Paris, Lahure*, 1876, 2 vol. in-8, cartes, demi-rel. chag. r., tr. peig.

Edition tirée à 250 exemplaires.
Exemplaire avec envoi autographe du traducteur, à M. Marcelin.

125. **Cayon** (J.). Les Ducs de Lorraine 1048-1737, costumes et notices historiques, le tout recueilli, dessiné, décrit et gravé sur cuivre, d'après les sceaux, les tombeaux de ces princes, les monnaies, etc., par Jean Cayon. *Nancy, Cayon-Liébault*, 1854, in-4, pap. de Holl., pl. (30), cart., non rog. (*Cart. de l'éditeur*.)

Tiré à 125 exemplaires seulement.

126. **Catlin** (G.). Illustrations of the manners, customs et condition of the North American Indians, with letters and notes, written during eight years of Travel and Adventure among the wildest and most remarkable Tribes now existing, with three hundred and sixty couloured engravings from the author's original paintings. *London, Chatto et Windus*, 1876, 2 vol. gr. in-8, fig. color., cart. toile r., fers spéciaux, non rog.

127. **Cazotte** (J.). Le Diable amoureux, roman fantastique; précédé de sa vie, de son procès et de ses prophéties et

révélations par Gérard de Nerval, illustré de 200 dessins par Ed. de Beaumont. *Paris, Ganivet*, 1846, in-8, portr., demi-rel. v. violet.

128. **Cellini** (Benvenuto). Mémoires écrits par lui-même et traduits par Léopold Leclanché. *Paris, J. Labitte, s. d.*, in-18, demi-rel. v. bl.

Rare.

129. **Cenni** (Q.). L'Esercito Italiano, schizzi militari. Raccolti, disegnati da Q. Cenni. *Milano*, 1886, in-4 obl. de 16 pl. col.

130. **Cérémonies** et fêtes qui ont eu lieu à Bruxelles, du 21 au 23 juillet 1856, à l'occasion du XXVe anniversaire de l'inauguration de S. M. le roi Léopold Ier, précédé d'un résumé historique des 25 premières années du règne du roi, par A. Van Hasselet. *Bruxelles, Géruzet*, 1856, gr. in-fol., pl. color., cart. (*Cartonnage de l'éditeur.*)

131. **Cervantès.** Les Principales Aventures de l'admirable don Quichotte, représentées en figures par Coypel, Picart le Romain et autres habiles maîtres, avec les explications des 31 planches de cette magnifique collection, tirées de l'original espagnol de Miguel de Cervantès. *Liège, J.-F. Bassompierre*, 1776, gr. in-4, non relié, couv. pap.

Un fleuron sur le titre, une vignette par J. V. Schley en tête de la dédicace, et 31 fig. par Boucher, Cochin, Coypel, Lebas, Picart et Tremolières, gr. par Fokke, Picart, V. Schley et Tanjé.

132. **Cervantès.** L'Ingénieux Hidalgo don Quichotte de la Manche, trad. et annoté par L. Viardot, vignettes de T. Johannot. *Paris, Dubochet et Cie*, 1836-37, 2 vol. gr. in-8. — Les Nouvelles, trad. et annotées par L .Viardot. *Paris, Dubochet*, 1838, 2 vol. in-8. — Ensemble 4 vol., demi-rel. chag. vert et La Vall.

Manque dans le tome II de Don Quichotte le faux titre et titre. *Mouillures.*

133. **Cervantès.** L'Ingénieux Hildago don Quichotte de la Manche, traduction de Louis Viardot, avec 370 compositions de Gustave Doré, gravées sur bois par H. Pisan. *Paris, Hachette et Cie*, 1869, 2 vol. in-fol., cart. toile r., fers spéciaux. (*Cart. des éditeurs.*)

134. **Chalcondile**, Athénien. L'Histoire de la décadence de l'empire grec et establissement de celuy des Turcs, de la traduction de Blaise de Vignère, Bourbonnois, illustrée par luy de curieuses recherches trouvées depuis son décès, avec la continuation de la même histoire, depuis la ruine de Péloponèse jusques à présent 1632 et des considérations

sur icelle, a laquelle ont esté adjoustez les éloges des seigneurs Othomans, plusieurs descriptions et figures representant au naturel les accoustremens des officiers de l'empereur turc, et des tableaux prophétiques prédisans la ruine de la mesme monarchie, par Arth. Thomas, sieur d'Embry, Parisien. *Paris, Cl. Cramoisy*, 1632, in-fol., titre gr. et fig., vélin. (*Rel. anc.*)

135. **Challamel** (Aug.). Histoire-Musée de la République française, depuis l'Assemblée des notables jusqu'à l'Empire, 3e édit., considérablement augmentée. *Paris, A. Rally, s. d.*, 2 vol. gr. in-8, demi-rel. chag. vert, pl. toile.

136. **Champfleury**. Henry Monnier, sa vie, son œuvre, avec un catalogue complet de l'œuvre et 100 gravures fac-similé. *Paris, Dentu*, 1879, in-8, br.

137. **Champfleury**. Les Vignettes romantiques. Histoire de la littérature et de l'art, 1825-1840, 150 vignettes, par C. Nanteuil, T. Johannot, Devéria, J. Gigoux, etc., suivie d'un catalogue complet des romans, drames, poésies, ornées de vignettes, de 1825 à 1840. *Paris, Dentu*, 1883, in-4, pap. vél. teinté, fig. hors texte, demi-rel. dos et coins de mar. r., dos orné, fil., tête dor. non rog. (*Allô.*)

138. **CHANTS ET CHANSONS POPULAIRES DE LA FRANCE**. *Paris, H.-L. Delloye*, 1843, 3 vol. — Chansons populaires des provinces de France, notices par Champfleury, accompagnement de piano par J.-B. Wekerlin, illustrations par Bida, Bracquemond, Flameng, Morin, Staal, etc. *Paris, Bourdilliat et Cie*, 1860, 1 vol. — Ensemble, 4 vol. gr. in-8, fig. et musique gravée, demi-rel. dos et coins de chag. vert, dos ornés, fil., tr. dor.

139. **Chardin**. Journal du voyage du chevalier Chardin en Perse et aux Indes orientales... *Lyon, Th. Amaulry*, 1687, 2 vol. in-12, portr. et fig., v. gr. (*Rare.*)

140. **Charivari**. Croquis et actualités. Album de 80 lithographies en 1 vol. in-4 obl., demi-rel. chag. gren.

Ce recueil comprend : 29 dessins de Daumier, 37 de Cham, 11 de Ch. Vernier et 3 de Bouchot.

141. **Charlet**. Suite de dessins à la plume à l'usage des Élèves des écoles spéciales des ponts et chaussées, de Metz, d'état-major, polytechnique, militaires et autres. *Paris, Gihaut frères*, 1839, in-fol. de 60 pl. y compris le titre gr., épreuves tirées sur Chine, demi-rel. v. ant.

142. **Charlet**. La Vieille Armée française, par Charlet, 30 pl. lithog. en couleur par F. Delpech. en 1 vol. in-4, demi-rel. bas.

143. **Charlet.** Album de 74 lithographies de Charlet, lithogr. par Gihaut frères, en 1 vol. in-4 obl., demi-rel. bas. r.

144. **Charlet.** L'Empereur et la Garde Impériale. Recueil de 42 dessins coloriés, de Charlet. *Paris, chez l'auteur,* in-fol. en feuilles, dans un carton.

145. **Charnay** (D.). Les Anciennes Villes du nouveau monde. Voyages d'explorations au Mexique et dans l'Amérique Centrale, 1857-1882, ouvrage contenant 214 gravures et 19 cartes ou plans. *Paris, Hachette et Cie*, 1885, gr. in-4, br., couv.

146. **CHARNOIS** (J. Ch. Le Vacher de). Recherches sur les costumes et sur les théâtres de toutes les nations, tant anciennes que modernes... avec 56 estampes, dont 45 en couleur et au lavis, y compris le portrait de l'auteur, dessinées par Chéry et gravées par P. N. Alix, 2e édit. *Paris, Drouhin, an XI* (1802), 2 tomes en 1 vol. in-4, demi-rel. v., non rog.

147. **Charton** (Éd.). Voyageurs anciens et modernes, ou choix des relations de voyages les plus intéressantes, depuis le ve siècle avant Jésus-Christ jusqu'au XIXe siècle. *Paris,* 1857-1861, 5 tomes en 2 vol. gr. in-8, nombr. fig. dans le texte, demi-rel. chag. violet, tête éb., non rog.

148. **Chasse** (Ouvrages sur la). 6 vol. in-12, cart. perc.

La Chasse à courre en France, par J. La Vallée. *Paris, Hachette et Cie*, 1859, 1 vol. vign. — La Chasse à tir en France, par J. La Vallée. *Paris,* 1860, 1 vol. vign. — Souvenirs de chasse, par L. Viardot. *Paris,* 1859, 1 vol. — Aventures de guerre et de chasse, par Eug. Razoua. *Paris,* 1866, 1 vol. — La Chasse au lion, par J. Gérard. *Paris,* 1874, 1 vol. — Le Lièvre, chasse à tir et à courre, par A. de La Rue. *Paris,* 1876, 1 vol.

149. **Chasse** (Ouvrages sur la). 8 vol. in-12, dont une plaquette, br. et rel.

La Vie du grand saint Hubert. *Epinal, Pellerin, s. d.* — Souvenirs de chasse, par Viardot. *Paris,* 1854. — La Petite Vénerie ou la Chasse au chien courant, par Ad. d'Houdetot, *Paris,* 1855. — Galerie des chasseurs illustres, par Ad. d'Houdetot, *Paris,* 1861. — Contes de chasse et de pêche, par G. de Cherville, *Paris,* 1878. — Chasse à tir, par le Vte de Hédouville, *Paris,* 1880. — A cheval! en chasse, par Rob. de Fauconnet. *Paris,* 1884.

150. **Chatauvillard** (Cte de). Essai sur le duel. *Paris, Bohaire,* 1836, in-8, cart. Bradel, non rog.

Rare.

151. **Chateaubriand.** Génie du Christianisme, vignette par Théophile Fragonard, gravures par Porret. *Paris, Pourrat frères,* 1838, gr. in-8, demi-rel. dos. et coins de chag. gris.

Exemplaire auquel on a ajouté un portrait de Chateaubriand et 8 gravures sur acier, d'après Tony Johannot et Jules David.

152. **Chenu** (le Dr J.-C.). Aperçu historique, statistique et clinique sur le service des ambulances et des hôpitaux, de la Société française de secours aux blessés des armées de terre et de mer, pendant la guerre de 1870-71. *Paris, Dumaine*, 1874, in-4 cart. perc. tête éb., non rog. (*Pierson.*)

153. **Cherville** (Mis de). Les Quadrupèdes de la chasse, description, mœurs, acclimatation, chasse, 30 eaux-fortes sur zinc en couleur et 74 illustrations. *Paris, J. Rothschild, s. d.* 1 vol. — Les Oiseaux de chasse, description, mœurs, acclimatation, chasse, 34 chromolith. et 64 vignettes. *Paris, J. Rothschild, s. d.*, 1 vol. — Ensemble 2 vol. pet. in-8, br., couv.

154. **Chesnel** (Cte de). Encyclopédie militaire et maritime. Dictionnaire des armées de terre et de mer, chez tous les peuples et dans tous les temps, contenant dans le texte plus de 1700 eaux-fortes dessinées par J. Duvaux, 4e édit. revue par une réunion d'écrivains, sous la direction de Saint-Germain, Le Duc et J. Duvaux. *Paris, Le Chevalier*, 1865, 2 vol. gr. in-8 à col., cartes et pl. color., demi-rel. chag. r.

155. **Chevigné** (C de). Les Contes rémois, dessins de E. Meissonier, troisième édition. *Paris, M. Lévy frères*, 1858, in-12, portraits, demi-rel. chag. r.

Premier tirage des illustrations de Meissonier.

156. **Chevigné** (Cte de). Les Contes rémois. Dessins de E. Meissonier, 8e édition. *Paris, librairie de l'Académie des bibliophiles*, 1868, in-8, portr. br., couv.

157. **Choderlos** de Laclos. Les Liaisons dangereuses, lettres recueillies dans une société et publiées pour l'instruction de quelques autres. *Londres* (*Paris*), 1796, 2 vol. in-8, fig. v. violet.

Deux frontispices et 12 figures par Monnet, Mlle Gérard et Fragonard fils, gr. par Baquoy, Duplessis-Bertaux, Patas, Simonet, etc.
Manque une figure. Mouillures et cachet sur le faux titre du tome I, et au frontispice du tome II.

158. **Chodzko** (Léon). La Pologne historique, littéraire, monumentale et pittoresque, publiée par Ignace-Stanislas Grabowski. *Paris*, 1836-1847, 4 vol. gr. in-8, à 2 col. fig. cartes et musique, demi-rel. chag. violet.

159. **Chorecki** (Ch.-Edm.). Voyage dans les mers du Nord à bord de la corvette la « Reine-Hortense ». Notices scientifiques, carte du voyage, carte géologique de l'Islande. Dessins de Karl Girardet, d'après les aquarelles de Ch. Giraud et d'Abrantès. *Paris, M. Lévy frères*, 1857, in-4, fig. demi-rel. chag. bl., tête rouge, non rog.

160. **CHOISEUL-GOUFFIER.** Voyage pittoresque de la Grèce. *Paris*, 1782-1822, 2 tomes en 3 vol. in-fol. avec un très grand nombre de planches, cart., non rog. (*Mouillures au tome Ier.*)

160 *bis*. — Le même ouvrage (tome 1er). *Paris*, 1782, in-fol. r. rac. dos orné, fil., tr. dor.

161. **Christian** (P.). Histoire des pirates et corsaires de l'Océan et de la Méditerranée, depuis leur origine jusqu'à nos jours. Vignettes par Alex. Debelle, Crappori, etc. *Paris, Cavaillès*, 1846-1850, 4 vol. br. in-8, pl. hors texte en noir et color., demi-rel. bas.

162. **Christian** (P.). L'Afrique française. L'Empire du Maroc et les déserts du Sahara, conquêtes, victoires et découvertes des Français, depuis la prise d'Alger jusqu'à nos jours. Vignettes par Philippoteaux, T. Johannot, K. Girardet, C. Nanteuil, etc. *Paris, Barbier, s. d.*, gr. in-8, fig. en noir et color. v. bl. gaufré, dos orné, fil.

163. **Christian** (P.). Histoire de la magie, du monde surnaturel et de la fatalité à travers les temps et les peuples. *Paris, Furne et Cie, s. d.*, gr. in-8, nombr. fig. dans le texte et pl. hors texte, cart. toile bl., non rog., couv.

164. **CHRONICORUM LIBER** (per Hartman Schedel). — *Hunc librum... Anthonius Koberger Nuremberge impressit... Anno...* 1493, in-fol. goth., fig., v. ant.

Livre connu sous le nom de *Chronique de Nuremberg*, très remarquable à cause des gravures en bois dont il est orné, et qui sont au nombre de plus de 2000. — Raccommodage à qq. feuillets et mouillures.

165. **Chroniqueurs** (les) de l'Histoire de France depuis les origines jusqu'au XVIe siècle, texte abrégé, coordonné et traduit par Mme de Witt, née Guizot. *Paris, Hachette et Cie*, 1883-84, 2 vol. in-4, avec pl. en chromolith., fig. hors texte, et nomb. grav. dans le texte, br.

Première série : les Chroniqueurs ; de Grégoire de Tours à Guillaume de Tyr. — Deuxième série : de Suger à Froissart.

166. **Ciacconius** (Alph.). Colonna trajana scolpita con l'historia della guerra dacica,... disegnata da Pietro Sante Bartoli, con l'espositione latina d'Alf. Ciaccone compendiata nella volgare lingua, accresciuta da Gio. Pietro Bellori. *Roma, de Rossi*, in-fol. avec dédicace à Louis XIV, 7 pl. prélim. et 119 pl. formant le corps de l'ouvrage, demi-rel. v.

167. **CIMBER ET DANJOU.** Archives curieuses de l'histoire de France depuis Louis XI jusqu'à Louis XVIII (première et deuxième séries). *Paris, Beauvais*, 1834-1840, 27 vol. in-8, cart. perc. r. non rog.

168. **Cinquantenaire** des Chemins de fer belges. Cortège historique des moyens de transport. Dessins et aquarelles de A. Heins. Texte par Edm. Cattier, 1835-1885. *Bruxelles, Ve J. Rozez*, 1886, in-4, obl. fig. dans le texte et 36 pl. en couleurs rehaussées d'or, rel. toile, fers spéciaux, tr. dor.

169. **Classiques** français, 6 vol. gr. in-8, demi-rel. chag. et veau.

Œuvres de Moliere, vignettes par T. Johannot. *Paris, Paulin*, 1835, 2 vol. — Œuvres de P. et Th. Corneille. *Paris*, 1844, 1 vol. fig. — Œuvres complètes de Beaumarchais. *Paris*, 1837, 1 vol. — Œuvres complètes de Montesquieu. *Paris*, 1843, 1 vol. — Œuvres philosophiques de Descartes. *Paris*, 1838, 1 vol.

170. **Classiques** français, 6 vol. gr. in-8, à 2 col., demi-rel. v. f.

Œuvres de Jean Racine. *Paris*, 1864, 1 vol. — Œuvres complètes de Beaumarchais, *Paris*, 1835, 1 vol. fig. — Œuvres complètes de P. Corneille. *Paris*, 1860, 2 vol. — Œuvres complètes de Molière, *Paris*, 1842, 1 vol. — Œuvres de Michel de Montaigne. *Paris*, 1842, 1 vol.

171. **Classiques** français, 7 vol. in-12, mar. La Vall., dos ornés, tr. rouges.

Œuvres diverses du sieur D*** (Boileau Despréaux). *Paris*, 1683, 1 vol. — Les Confessions de saint Augustin. *Paris*, 1693, 1 vol. — Les Caractères de Théophraste, trad. du grec, avec les Caractères et les Mœurs de ce siècle. *Paris*, 1699, 1 vol. — Pensées de M. Pascal sur la religion. *Paris*, 1714, 1 vol. — Recueil des Oraisons funèbres, prononcées par J.-B. Bossuet. *Paris*, 1754, 1 vol. — Fables choisies mises en vers par M. de La Fontaine, avec un nouveau Commentaire par M. Coste. *Paris*, 1760, 2 vol.

172. **Classiques** (les) de la table, à l'usage des praticiens et des gens du monde, avec les portraits, gravés au burin, par nos premiers artistes. *Paris, Dentu*, 1844, in-8, fig., demi-rel. chag. vert.

173. **Clavel** (F.-T.-B.). Histoire pittoresque de la franc-maçonnerie et des sociétés secrètes anciennes et modernes, illustrée de 25 gravures sur acier. *Paris, Pagnerre*, 1843, gr. in-8, demi-rel. chag. vert.

174. **Clément** (F.). Les Musiciens célèbres depuis le XVIe siècle jusqu'à nos jours. Ouvrage illustré de 44 portraits gravés à l'eau-forte par Masson, Deblois et Massard, et de 3 reproductions héliographiques d'anciennes gravures, par A. Durand. *Paris, Hachette et Cie*, 1868, in-8, demi-rel. chag. rouge.

175. **Clément** (F.). Histoire abrégée des beaux-arts chez tous les peuples et à toutes les époques, ouvrage illustré de 150 grav. sur bois. *Paris, Firmin-Didot et Cie*, 1879, gr. in-8, dos et coins de chag. rouge, dos orné, fil., tête dor., non rog.

175 *bis*. — Le même, broché.

176. **Clerjon de Champagny**. Album d'un soldat pendant la campagne d'Espagne en 1823. *Paris, imprim. de Cosson*, 1829, in-8, avec 40 pl. color. rel. plein chag. vert gaufré, tr. dor.

177. **Clouet**. Three Hundred French Portraits, representing personages of the courts of Francis I, Henry II, and Francis II. Autolithographed from the originals at Castle Howard, Yorkshire, by Ronald Gower. *London, Sampson et Co*, 1875, 2 vol. in-fol. rel. toile bleue.

178. **Cogniet** (L.). Nouveau Cours de dessin, lithographié par Julien, collection de modèles gradués depuis les premiers éléments jusqu'aux études académiques, etc. *Paris, F. Delarue, s. d.*, 54 planches in-fol. en portefeuille.

179. **Colleccion** general de los Trages que en la actualitad se usan en España : principiada en el año 1801. Recueil de 112 planches de costumes coloriés en 1 vol. in-12, demi-rel. chag. rouge.

Manque la planche 19.

180. **Coleridge** (Sam.). The Rime of the Ancient Mariner, illustrated by Gustave Doré. *London, Doré Gallery*, 1875, in-fol., cart. toile rouge, fers spéciaux.

Exemplaire avec envoi autographe de G. Doré à M. Marcelin.

181. **Collection** Dauthereau. *Paris*, 1827-29, 38 vol. in-32, rel.

Arioste. Roland furieux, 8 vol. — Sterne. Tristram Shandy, 6 vol. — Fielding. Tom Jones, ou l'Enfant trouvé, 6 vol. — Mirabeau. Lettres à Sophie, 6 tomes en 3 vol. — Montesquieu. Lettres persanes, 3 vol. — Goldsmith. Le Ministre de Wakefield, 2 vol. — Swift. Voyages de Gulliver, 2 vol. — Johnson. Histoire de Rasselas, prince d'Abyssinie, 2 vol. — Gœthe. Werther, 2 vol. — Hamilton. Mémoires du comte de Grammont, 2 vol. — B. Constant. Adolphe, 1 vol. — Longus. Daphnis et Chloé, 1 vol.

182. **Collection** Debure, Brière et Lefèvre. *Paris*, 1824-25, 22 vol. in-32, rel. (*Rel. de Simier, Bibolet et autres.*)

Molière. Œuvres complètes, 8 vol. — Le Sage. Histoire de Gil Blas, 4 vol. — Les Caractères de La Bruyère, 3 vol. — La Fontaine, Fables, 2 vol. — La Fontaine. Contes, 2 vol. — Fénelon. Aventures de Télémaque, 2 vol. — Réflexions ou Sentences et Maximes morales de La Rochefoucauld, 1 vol.

183. **Collection** de portraits des Français célèbres par leurs actions ou leurs écrits, gravés par les meilleurs artistes français et anglais, d'après des originaux authentiques, et accompagnés de notices biographiques. (Première série. Littérateurs.) *Paris, Lami-Denozan*, 1828, pet. in-8, pap. vélin, rel. plein chag. La Vall. quadrillé, dos orné, fil., tr. dor.

Recueil de 50 portraits gravés sur acier, par Hopwood.

184. **COLLECTIONS DES UNIFORMES DES ARMÉES FRANÇAISES**, de 1791 à 1824, dessinés par H. Vernet et Eug. Lami. *Paris, Gide*, 1822, 2 vol. gr. in-8, avec 147 pl. color., demi-rel.

185. **Collection** des types de tous les corps et des uniformes militaires de la République et de l'Empire, 50 planches coloriées comprenant les portraits de Bonaparte, premier consul, de Napoléon, empereur, etc., d'après les dessins de H. Bellangé. *Paris, Dubochet et Cie*, 1844, gr. in-8, demi-rel. chag. r.

186. **Collin de Plancy** (J.-A.-S.). Dictionnaire infernal, ou Recherches et anecdotes sur les démons, les esprits, les fantômes, etc., etc. *Paris, Mongie*, 1818, 2 vol. in-8, front. par Le Roi, gr. par Delignon, demi-rel. v. br.

Édition originale.

186 *bis*. — Le même ouvrage, 2e édition, entièrement refondue. *Paris, Mongie*, 1825, 4 vol. in-8, v. gr.

187. **Collin de Plancy**. Dictionnaire infernal..., nouvelle édition entièrement refondue. *Paris, Sagnier et Bray*, 1853, in-8, demi-rel. chag. vert, tête dor., non rog.

188. **Collin de Plancy** (J.-A.-S.). Dictionnaire féodal, ou Recherches et Anecdotes sur les dîmes et les droits féodaux, les fiefs et les bénéfices, etc. *Paris, Foulon et Cie*, 1819, 2 tomes en 1 vol. in-8, demi-rel. dos et coins de v. f., dos orné, fil., tête dor., non rog. (*Petit-Simier*.)

189. **Commelyn** (J.). Histoire de la vie et actes mémorables de Frédéric-Henry de Nassau, prince d'Orange, enrichie de figures en taille-douce, et fidèlement translatée du flamand en français. *Amsterdam, Ve Janssonius*, 1656, 2 part. en 1 vol. pet. in-fol., front. gr., portr. et fig., v. br.

190. **Commynes** (Ph.) de). Mémoires, nouv. édit. revue sur un manuscrit ayant appartenu à Diane de Poitiers et à la famille de Montmorency-Luxembourg, par R. Chantelauze, édition illustrée de 4 chromolith. et de nomb. grav. sur bois. *Paris, Firmin-Didot et Cie*, 1881, gr. in-8, demi-rel. dos et coins de chag. r., dos orné, fil., tête dor., éb.

191. **Constitution** française (la), décrétée par l'Assemblée nationale constituante, aux années 1789, 1790 et 1791 ; présentée au Roi le 3 septembre 1791, et acceptée par Sa Majesté le 14 du même mois. *Paris, impr. de Didot jeune*, 1791, gr. in-8, v. porph., dos orné, fil., tr. dor.

192. **Cook's** (James). A new, authentic and complete collection of Voyages round the World, Captain Cook's... and successively performed in the years 1768-1780. *London, Hogg, s. d.*, in-fol. à 2 col., portr. et pl. (80), demi-rel. v. f. ant.

193. **CORNEILLE** (P.). Théâtre, avec des commentaires (par Voltaire), etc., etc., etc. *S. l.* (*Genève*), 1764, 12 vol. in-8, fig., bas. rac.

Un frontispice par Pierre, gr. par Watelet, et 34 fig. par Gravelot, gr. par Baquoy, Lemire, Prévost, etc.

194. **Costume** du moyen âge, d'après les manuscrits, les peintures et les monuments contemporains (par Van Beveren et du Pressoir). *Bruxelles*, 1847, 2 vol. gr. in-8, fig. color., demi-rel. toile.

195. **Costumes** des Représentants du peuple français, Membres des deux Conseils, du Directoire exécutif, des Ministres, des Tribunaux, des Messagers d'Etat, Huissiers, etc., dessinés par Grasset, J. Sauveur, gravés par Labrousse, chaque figure est accompagnée d'une notice historique. *Paris, Deroy*, 1796, in-8 de 16 pl. color., br., non rog.

196. **Costumes**. Picturesques Representations of the dress and manners of the Chinese, illustrated in fifty coloured engravings, with descriptions by William Alexander. *London, J. Goodwin, s. d.*, pet. in-4, 50 pl. color., mar. gren. à long grain, dos orné, large dent. sur les pl., tr. dor. (*Rel. anglaise.*)

197. **Costumes.** Vestiture ed usi de' popoli della moderna Grecia. Litografizzati e colorati d'apresso i disegni eseguiti sopra luogo nel 1811, dal baronne O. M. de Stackelberg. *Napoli, lith. de Cuciniello et Bianchi*, 1827, in-4 de 30 pl. color., demi-rel. bas.

198. **Courier** (P.-L.). Collection complète des pamphlets politiques et opuscules littéraires. *Bruxelles*, 1827, 1 vol. — Œuvres complètes. *Paris, Sautelet*, 1829-1830, 4 vol. — Ensemble 5 vol. in-8, portr., demi-rel. v.

199. **Crafty**. Paris à cheval, texte et dessins par Crafty, avec une préface par G. Droz. *Paris, Plon*, 1883. — La Province à cheval. *Paris, Plon*, 1886. — Ensemble 2 vol. gr. in-8, br. couv.

Envoi autographe de l'auteur.

200. **CRANACH** (Lucas). Symbole des 12 apôtres (en allemand). A la fin : *Gedruckt zu Wittemberg durch Georgen Rhaw*, 1551, pet. in-fol. de 9 ff., v. rac. dos orné, fil.

Ce volume renferme 12 belles gravures sur bois de Lucas de Cranach, représentant les douze apôtres; dans la deuxième, saint Mathias est mis à mort à l'aide d'un instrument tout à fait semblable à la guillotine.

201. **Crapelet** (G.-A.). Le Combat de trente Bretons contre trente Anglais, pub. d'après le ms. de la Biblioth. du Roi. *Paris, imprim. de Crapelet*, 1827, gr. in-8, pap. vél., fig., demi-rel. dos et coins de chag. r.

201 *bis*. — Le même ouvrage, cart. non rog.

202. **Crapelet** (G.-A.). Le Pas d'armes de la Bergère, maintenu au tournoi de Tarascon (par Louis de Beauvau, un des tenants), pub. d'après le ms. de la Biblioth. du Roi... *Paris, imprim. de Crapelet*, 1828, gr. in-8, pap. vél. fac-similé, cart., non rog.

203. **Crapelet** (G.-A.). Cérémonies des gages de bataille selon les constitutions du bon roi Philippe de France représentées en onze figures... pub. d'après le ms. de la Biblioth. du Roi. *Paris, imprim. de Crapelet*, 1830, gr. in-8, pap. vél., mar. r. dos orné, fil. à froid, dent. int., tr. dor. (*Allô.*)

203 *bis*. — Le même ouvrage, broché.

204. **Crébillon** fils. Le Sopha, conte moral. *A.-Gaznah, de l'imprimerie du Sultan des Indes, l'an de l'Hegire* 1620, 2 vol. in-12, bas. mar. vert, dos ornés, fil., tr. dor.

205. **Crébillon** fils. La Nuit et le Moment, ou les Matinées de Cythère, dialogue. *Londres*, 1755, pet. in-12, mar. bl., dos orné, fil. tr. dor.

206. **Crébillon** fils (de). Le Hazard du coin du feu, dialogue moral. *La Haye* (*Paris*), 1763, in-12, mar. bleu, dos orné, fil., tr. dor.

Dans le même volume. TANT MIEUX POUR ELLE, CONTE PLAISANT (par l'abbé de Voisenon). *Amsterdam*, 1767.

207. **Créquy** (M^ise de), Souvenirs, de 1710 à 1803. *Paris, Delloye*, 1840, 9 vol. in-12, demi-rel. chag. violet, tr. marb.

208. **CRIS DE PARIS** (les). 100 planches en couleur, d'après Carle Vernet. *Paris, Delpech, s. d.* in-4, demi-rel. bas. verte.

Rare.

209. **Crowquill** (Alfred) Seymour's humorous sketches, comprising eighty-six caricature etchings, illustrated in prose and verse. *London, H.-G. Bohn*, 1843, gr. in-8, fig., demi-rel. dos et coins de v. gren., pl. toile, tr. dor.

Premier tirage des figures.

210. **Cuvier** (Bon G.). The Animal Kingdom, arranged according to its organization, a new edition, with additions by W. B. Carpenter and J. O. Westwood, illustrated. *London, Orr and C°*, 1849, gr. in-8, nomb. fig. dans le texte et pl. hors texte, cart. toile r., éb.

211. **Dante.** La Divine Comédie, traduction nouvelle par M. Mesnard. *Paris, Amyot*, 1854-56, 3 vol. in-8, demi-rel. v. bl., dos ornés.

212. **DANTE. LE PURGATOIRE**, avec les dessins de Gustave Doré, traduction française de P.-A. Fiorentino, accompagné du texte italien. *Paris, Hachette et Cie*, 1868, in-fol., cart. toile r., fers spéciaux (*Cart. des éditeurs.*)

Exemplaire avec les planches tirées sur papier de Chine et avec envoi autographe de G. Doré à M. Marcelin.

213. **Daudet** (Alph.). Tartarin sur les Alpes, nouveaux exploits du héros tarasconnais. Illustré d'aquarelles, par Aranda, de Beaumont, etc., gravure de Guillaume frères. *Paris, Calmann Lévy*, 1885, in-8, demi-rel., dos et coins de cuir gaufré, tête dor., non rog.

214. **DAVID.** Le Muséum de Florence, ou Collection de pierres gravées, statues, médailles et peintures qui se trouvent à Florence, gravé par M. David, avec des explications françaises par Mulot (pierres gravées). *Paris, David*, 1787-88, 2 vol. in-4, pl. (192), v. porph., dos ornés, fil., tr. dor.

215. **David d'Angers** (les Médaillons de), réunis et publiés par son fils. *Paris, Ch. Lahure*, 1867, gr. in-4, portr. et 53 pl. montées sur onglets, demi-rel. chag. vert, pl. toile, tr. dor.

Exemplaire avec envoi autographe de l'auteur à M. Marcelin.

216. **David d'Angers** (les Médaillons de). Collection de 125 planches, accompagnée d'un portrait de David d'Angers, gravé d'après le tableau d'Hébert et précédée d'une préface par Emile Soldi. *Paris, A. Lévy*, 1883, in-4, demi-rel. dos et coins de mar. vert, tête dor., non rog. (*Pagnant.*)

217. **Davillier** (baron Ch.). L'Espagne, illustrée de 309 gravures sur bois, par Gustave Doré. *Paris, Hachette et Cie*, 1874, gr. in-4, br., couv.

218. **Delaborde** (Vte H.). Ingres, sa vie, ses travaux, sa doctrine, d'après les notes manuscrites et les lettres du maître. *Paris, Plon*, 1870, in-8, portr. et fac-similé, cart. perc., non rog. (*Pierson.*)

219. **Delacroix** (Eug.). Lettres (1815-1863) recueillies par Ph. Burty, avec fac-similé de lettres. *Paris*, *Quantin*, 1878, in-8, portr., br., couv.

220. **Delaporte** (L.). Voyage au Cambodge. L'Architecture Khmer, ouvrage orné de 175 gravures et d'une carte dont 125 dessins originaux de l'auteur. *Paris*, *Delagrave*, 1880, gr. in-8, demi-rel. chag. vert, pl. toile, fers spéciaux, tr. dor.

221. **Delauney** (Alf.). Paris pittoresque, historique et archéologique, vues générales et particulières, églises, palais, hôtels, maisons et rues anciennes, dessinées d'après nature et gravées à l'eau-forte, par Alfred Delauney. *Paris*, 1867, in-fol., pl. (72) et une table gr. à l'eau-forte, en portefeuille.

222. **Delauney** (Alf.). Eaux-fortes sur le vieux Paris. *Paris*, 1870-79, 22 pl. in-fol. sur pap. vergé, en portefeuille.

223. **Delavigne** (C.). Œuvres complètes, seule édition annoncée par l'auteur. *Paris*, *H. L. Delloye et V. Lecou*, 1836, gr. in-8 à 2 col., portr. et fig. par A. Johannot, demi-rel. chagr. vert. (*Mouillures.*)

224. **Delestre** (J.-B.). Gros, sa vie et ses ouvrages, 2e édit., revue et augmentée, avec 55 gravures, dont 44 fac-similés de dessins et compositions inédits du maître. *Paris*, *Vve J. Renouard*, 1867, gr. in-8, br.

225. **Delvau** (Al.). Histoire anecdotique des Barrières de Paris, avec des 10 eaux-fortes, par Émile Thérond. *Paris*, *Dentu*, 1865, in-12, br.

Édition originale avec la couverture.

226. **Delvau** (Alf.). Collection des Romans de chevalerie mis en prose française moderne, avec illustrations. *Paris*, *Bachelin-Deflorenne*, 1869, 4 vol. in-4 à 2 col., br., couv.

227. **Demidoff**. Voyage dans la Russie méridionale et la Crimée par la Hongrie, la Valachie et la Moldavie, exécuté en 1837 par M. Anatole de Demidoff, édition illustrée de 64 dessins par Raffet. *Paris*, *E. Bourdin*, 1840, gr. in-8, fig. tirées sur Chine, demi-rel. v. vert.

227 *bis*. — Le même ouvrage, demi-rel. chag. bl.

228. **Demidoff** (Anatole de). Voyage dans la Russie méridionale et la Crimée, par la Hongrie, la Valachie et la Moldavie, exécuté en 1837, sous la direction de M. A. de Demidoff, par MM. de Sainson, Le Play, Huot, Léveillé, de Nordmann, Rousseau et du Ponceau, dessiné d'après nature et lithogr. par Raffet. *Paris*, *Gihaut frères*, *s. d.*, gr. in-fol. pl. (100), demi-rel. dos et coins chag. violet.

229. **Demoustier** (C.-A.). Lettres à Emilie sur la mythologie. *Paris, Renouard*, 1809, 6 parties en 3 vol. in-18, fig., mar. gren., dos ornés, fil., tr. dor.

36 figures par Moreau, gr. par Delvaux, de Ghendt, Roger, Simonet, Thomas et Trière, et 1 portr. de Demoustier, gravé par Gaucher, d'après Ducreux.

230. **DENON** (Vivant). Monuments des arts du dessin chez les peuples tant anciens que modernes, recueillis par le baron Denon, pour servir à l'histoire des arts; lithographiés par ses soins et sous ses yeux, décrits et expliqués par Amaury Duval. *Paris, imprim. de F.-Didot, se trouve chez Brunet-Denon*, 1829, 4 vol. in-fol., pap. vél.

231. **Denon** (Vivant). Voyage dans la Basse et Haute Égypte pendant les campagnes du général Bonaparte, nouv. édit. augmentée d'une notice sur l'auteur, par P.-F. Tissot. *Paris, Gaugain et Cie*, 1829, 2 tomes en 1 vol. in-8 de texte et atlas gr. in-fol. de planches, demi-rel. chagr. gren.

232. **Deroy**. Les Rives de la Seine, dessinées d'après nature et lithographiées par Deroy, 1831. *Paris, Motte*, 1831, in-4 obl., titr. gr., carte et 36 pl. tirées sur Chine, rel. pleine chag. vert, dos orné, fil., tr. dor.

233. **DESCRIPTION DES FÊTES** données par la Ville de Paris à l'occasion du mariage de Mme Louise-Elisabeth de France et de don Philippe, infant et grand amiral d'Espagne, les 29 et 30 août 1730. *Paris, P.-G. Lemercier*, 1740, in-fol. max., pl. (13), cart. (*Cartonnage fatigué et mouillures.*)

234. **Desjardins** (G.). Recherches sur les drapeaux français, oriflammes, bannières de France, marques nationales, couleurs du roi, drapeaux de l'armée, pavillons de la marine. *Paris, A. Morel*, 1874, gr. in-8, fig. dans le texte et pl. hors texte et chromolith., cart. perc. grise, non rog.

235. **Devéria**. Album de 32 planches, dessinées par A. Devéria, lith. par A. Collette, imprimé par Lemercier. *Paris, F. Delarue, s. d.*, in-4, br.

236. **Devéria** (A.). Costumes historiques pour travestissements, dessinés d'après nature par A. Devéria. *Paris, Ostervald aîné, s. d.*, album gr. in-fol. de 19 pl. color., demi-rel. chag. r.

237. **Deville** (A.). Tombeaux de la cathédrale de Rouen, deuxième édition, ornée de 12 planches gravées. *Rouen, Nicétas Periaux*, 1837, in-8, br.

238. **Dezobry** (Ch.). Rome au siècle d'Auguste, ou Voyage d'un Gaulois à Rome de l'époque du règne d'Auguste, 4e édit., revue augmentée et ornée de divers plans et de vues de Rome antique. *Paris, Delagrave*, 1875, 4 vol. in-8, br., n. c.

239. **Diable à Paris** (le). Paris et les Parisiens, mœurs et coutumes, caractères et portraits des habitants de Paris, texte par G. Sand, L. Gozlan, F. Soulié, Ch. Nodier, de Balzac, Th. Gautier, A. de Musset, etc., illustrations par Gavarni, vignettes par Bertall. *Paris, J. Hetzel*, 1845-46, 2 vol. gr. in-8, demi-rel. chag. vert.

240. **Dictionnaire** de la conversation et de la lecture, par une Société de savants et de gens de lettres, sous la direction de M. W. Duckett, 2e édit. entièrement refondue. *Paris, F.-Didot et Cie*, 1873-1876, 20 vol. gr. in-8 à 2 col., y compris 4 vol. de supplément, demi-rel. chag. La Vall., éb.

241 **Diderot**. Les Bijoux indiscrets. *Au Monomotapa, s. d.* (Paris, 1748), 2 vol. in-12, front. et 5 fig. mar. vert dos orné, fil., tr. dor.

242. **Dietterlin** (Wemdelin). Architectura de constitutione, symmetria, ac proportione quinq. columnatum : ac omnis, inde promamantis structurae artificiosae : utpote Fenestrarum, Caminorum, Postium seu Portalium, Pontium, atq. Epitaphiorum... *Norinbergae, impensis Huberti et Balth. Caymox*, 1598, in-fol., titre gravé et environ 200 planches, vélin.

Titre et plusieurs planches remontés, mouillures, raccommodages, il manque le portrait.

243. **Doré** (G.). Histoire pittoresque, dramatique et caricaturale de la Sainte Russie d'après les chroniqueurs et historiens Nestor, Nikan, Sylvestre, Karamsin, Ségur, etc., commentée et illustrée de 500 magnifiques gravures par Gustave Doré, gravée sur bois par toute la nouvelle école, sous la direction de Sotain. *Paris, J. Bry*, 1854, in-4 demi-rel. chag. vert, couv. illust.

244. **Doré** (G.). La Ménagerie parisienne, par Gustave Doré. *Paris, au bureau du Journal pour rire, s. d.*, in-4 obl. de 24 pl.

245. **Dovalle** (Ch.). Le Sylphe, poésies de feu Ch. Dovalle, précédées d'une notice par M. Louvet, et d'une préface par Victor Hugo. *Paris, Ladvocat*, 1830, in-8, demi-rel. v. br.

Édition originale.

246. **DREUX DU RADIER**. L'Europe illustre, contenant l'histoire abrégée des souverains, des princes, des prélats, des grands capitaines, etc., dans le xve siècle compris, jusqu'à présent. Ouvrage enrichi de portraits gravés par les soins du sieur Odieuvre. *Paris, Nyon*, 1777, 6 vol. gr. in-8, front. par Eisen, gr. par Sornique et portraits, v. marb.

247. **Drilkonst** of hedendaagsche Wapen-oeffening... Alsomte konnen sien of haar soldaten el behoorlijck van Buren. *Amsterdam*, 1672, in-8, front. gr. et pl. (17) de costumes militaires, parchemin.

248. **Droz** (G.). Monsieur, Madame et Bébé, édition illustrée par Edm. Morin et ornée d'un portrait de l'auteur gravé par Léop. Flameng. *Paris, V. Havard*, 1878, gr. in-8, vélin blanc, tête dor., non rog., couv.

248 *bis*. — Le même, demi-rel. chag. rouge, non rog., couv.

249. **Drumont** (Éd.). Les Fêtes nationales à Paris. *Paris, Baschet*, 1879, in-fol., fig. dans le texte et nombr. pl. hors texte, cart. toile, fers spéciaux, tête dor., non rog.

250. **Du Camp** (Maxime). Paris, ses organes, ses fonctions et sa vie dans la seconde moitié du xixe siècle. *Paris, Hachette et Cie*, 1875, 6 vol. in-12, cart. perc. verte, non rog.

251. **Dulaure** (J.-A.). Histoire physique, civile et morale de Paris, 8 vol. — Des Environs de Paris, 6 vol. *Paris, Furne et Cie*, 1837-38. — Ensemble 14 vol. in-8, fig. et atlas in-4 obl. pour l'histoire de Paris, demi-rel. chag. gran.

252. **Dumas** (Alex.). Henri III, Antony, drames en cinq actes et en prose. *Paris, Charpentier*, 1834, in-8, front. par C. Nanteuil, tiré sur Chine, v. vert, dos orné, fil. tr. marb.

Envoi autographe de l'auteur.

253. **Du Moncel** (vicomte Théodore). Excursion par terre d'Athènes à Nauplie, collection composée de 18 planches lithographiées et d'un texte explicatif avec gravures sur bois. *Paris, Gide et Cie, s. d.*, in-fol. obl., demi-rel. chag. n., pl. toile.

254. **Dumont** (J.) et J. **Rousset**. Histoire militaire du prince Eugène de Savoye, du prince et du duc de Marlborough, et du prince de Nassau-Frise, etc. *La Haye*, 1729, 2 vol. gr. in-fol., fig. cartes et plans, v. marbr.

255. **Dumortous**. Histoire des conquêtes de Louis XV, tant en Flandre que sur le Rhin, en Allemagne et en Italie, depuis 1744 jusques à la paix conclue en 1748. *Paris, de Lormel*, 1759, in-fol., fig. demi-rel. v. ant.

Portrait de Louis XV, frontispice par Boucher gr. par Lempereur, fleurons, vign., culs-de-lampe et fig. gr. par Eisen, Boquet, etc. Cachet sur le titre et raccommodage au feuillet de la dédicace.

256. **Dupré** (L.). Voyage à Athènes et à Constantinople, ou Collection de portraits, de vues et de costumes grecs et ottomans, peints sur les lieux, d'après nature, lithographiés et coloriés par L. Dupré, accompagné d'un texte orné de vignettes. *Paris, impr. de Dondey-Dupré*, 1825, gr. in-fol., pl. (40), demi-rel., dos et coins de chag. bl.

Quelques feuillets tachés d'encre au commencement du volume dans la marge du haut.

257. **Duras** (Mme de Kersaint, duchesse de). Ourika. *S. l. n. d.* (*Paris, Imprimerie royale*, 1824), in-12 de 108 pp., pap. vélin, mar. bl. à long grain, dos orné, encad. de fil., dent. int., tr. dor. (*Simier.*)

Édition tirée à petit nombre et qui n'a point été mise dans le commerce.

258. **Durer** (Alb.). Alberti Dureri, clarissimi Pictoris et Geometrae de Symmetria partium humanorum corporum Libri quatuor, e germanica lingua in latina versi. *Parisiis, C. Perrier*, 1557, in-fol., fig. sur bois, rel. vélin.

259. **Durer** (Albert). The little Passion Christi of Albert Durer, reproduced in fac-simile, edited by W.-C. Prime. *London, Camdem Hotten*, 1870, in-4, pl. (37), demi-rel. dos et coins de vél. blanc, non rog.

260. **Durer**. Œuvre de Albert Durer, reproduit et publié par Amand-Durand. Recueil de 73 planches. *Paris, Amand-Durand*, in-fol. en feuilles.

261. **Dussieux** (L.). L'Histoire de France racontée par les contemporains. Extraits des chroniques, des mémoires et des documents originaux, avec des sommaires et des résumés chronologiques. *Paris, F.-Didot et Cie*, 1861, 4 vol. in-8, cart. perc. r., non rog.

262. **Du Tillet** (Jean). Mémoires et recherches contenant plusieurs choses mémorables pour l'intelligence de l'estat des affaires de France, seconde édition, corrigée et augmentée. *A Troyes, pour Philippe Deschams*, 1578, in-8, vélin.

263. **Ebers** (G.). L'Égypte, Alexandrie et le Caire, traduction de Gaston Maspero. Ouvrage illustré de 644 gravures sur bois, dont 134 hors texte et de 2 cartes. *Paris, F.-Didot et Cie*, 1881-83, 2 vol. pet. in-fol. demi-rel. chag. r., pl. toile, fers spéciaux, tr. dor.

Première partie. *Alexandrie et le Caire.* — Seconde partie. *Du Caire à Philae.*

264. **Egan** (Pierre). Life in London; or the day and night scenes of Jerry Hawthorn, Esq. and his elegant friend Corinthian Tom, accompanied by Bob Logic, the Oxonian in their Kambles and Sprees through the Metropolis, embellished with 36 scenes from real life, designed and etched by I. R. et G. Gruikshank. *London, Sherwood*, 1821, gr. in-8, 36 pl. color. cart., non rog.

265. **Elliot** (Rob.). Vues pittoresques de l'Inde, de la Chine, et des bords de la mer Rouge; dessinées par Prout, Stanfield, etc., sur les esquisses originales de Rob. Elliot, accompagnées d'un texte historique et descriptif par Emma Roberts, trad. par J.-F. Gérard. *Londres, Fisher et Co*, s. d., 2 vol. in-4, fig., demi-rel. chag. violet, pl. toile, tr. dor.

266. **ENTRÉE TRIOMPHANTE DE LEURS MAJESTEZ LOUIS XIV**, Roy de France et de Navarre et Marie-Thérèse d'Autriche son espouse, dans la ville de Paris, au retour de la signature de la paix générale et de leur heureux mariage (par Jean Tronçon, avocat au Parlement). *Paris, Pierre Le Petit*, 1662, in-fol. portr. et pl. gr. par J. Marot et Chauveau, d'après Le Paultre, v. ant. (*Rel. fatiguée.*)

Exemplaire aux armes de Jérôme Phelypeaux, comte de Pontchartrain, secrétaire d'Etat.

267. **Équitation** (Ouvrages sur l'), 8 vol. in-8 et in-12, rel. et br.

Histoire des chevaux célèbres, par P.-J.-B. Nougaret. *Paris*, 1810. — Traité d'équitation à l'usage des dames, par H. Le Noble. *Paris*, 1826. — Le Turf ou les Courses de chevaux en France et en Angleterre, par E. Chapus. *Paris*, 1853. — Le Cheval et l'Amazone. traité complet de l'équitation des dames, par Mme J. Stirling-Clarcke. *Paris*, 1861. — Les Chevaux du Sahara, par E. Daumas. *Paris*, 1862. — Dictionnaire du sport français. par Ned. Pearson. *Paris*, 1872. — Les Chevaux de pur sang, par le baron d'Etreillis (Ned. Pearson). *Paris*, 1873. — La Femme à cheval, par le vicomte de Hédouville. *Paris*, 1884.

268. **Essais** historiques sur la vie de Marie-Antoinette d'Autriche (attribué à P.-E. Goupil). *Londres*, 1789, 2 parties en 1 vol. in-8, bas. f. (*Mouillures.*)

269. **Estourmel** (comte Joseph d'). Journal d'un voyage en Orient. *Paris, Crapelet*, 1848, 2 vol. in-12, br., couv.

Rare.

270. **État** du régiment des Gardes françoises du Roy, à la reveue de S. M. le 6 mai 1777. *Paris, Lamesle*, 1777, in-18, mar. rouge, dos orné, fil., tr. dor. (*Rel. anc.*)

271. **Évangiles** (les) de Notre-Seigneur Jésus-Christ selon S. Mathieu, S. Marc, S. Luc, S. Jean, traduction de Le Maistre de Sacy, vignettes par Théophile Fragonard. *Paris, J.-J. Dubochet et Cie*, 1837, texte avec encadrements, demi-rel. chag. rouge, non rog.

272. **Fastes** de Napoléon Ier peints par Andrea Appiani pour le salon du palais royal de Milan, gravé par Gius. Rosaspina, G. Benaglia, etc. Recueil de 31 pl. en 1 vol. in-fol. obl., demi-rel. chag.

273. **Fénelon**. Les Aventures de Télémaque, fils d'Ulysse, nouvelle édition conforme au ms. original, avec des notes et enrichie de planches et de vignettes. *Leide, J. de Wetstein*, 1761, gr. in-4, v. marb., dos orné, pet. fers sur les pl., tr. dor. (*Rel. fatiguée.*)

Un frontispice par B. Picart. 1 fleuron sur le titre, 1 portr. de Fénelon gr. par Drevet d'après Vivien, 24 fig. par Debrie, Dubourg et Picart, 24 vign. et 21 culs-de-lampe par Debrie et Dubourg. Mouillures.

274. **Fénelon**. Les Aventures de Télémaque, fils d'Ulysse. *Paris, Barbou*, 1763, 2 vol. in-12, front. gr., fig. et cart., chag. grenat, tr. r.

275. **Fénelon**. Les Aventures de Télémaque, nouv. édit., enrichie d'une notice abrégée de la vie de l'auteur, de réflexions sur Télémaque... et de 72 estampes gravées, d'après les dessins de Ch. Monnet, par J.-B. Tilliard. *Paris, imprim. de J.-M. Eberhart*, 1810, 2 vol. in-4, fig. demi-rel. bas.

276. **Fénelon**. Aventures de Télémaque. *Paris, Delestre-Boulaye*, 1821, 2 vol. in-8, portr. et fig. d'après Monnet, gr. par de Launay, v. br., dos ornés, fil., fers à froid., tr. dor.

277. **Fénelon**. Les Aventures de Télémaque, suivies des Aventures d'Aristonoüs, et précédées d'un essai historique et critique sur Fénelon et ses ouvrages, par V. Philipon de La Madelaine. *Paris, J. Mallet et Cie*, 1840, gr. in-8, nomb. vign. dans le texte, et 12 pl. hors texte grav. sur bois par Andrew Best et Leloir, sur chine monté, chag. rouge, dos et pl. ornés, tr. dor. (*Boutigny.*)

278. **Féréal** (V. de). Mystères de l'Inquisition et autres sociétés secrètes d'Espagne, illustrés de 200 dessins par les artistes les plus distingués. *Paris, P. Boizard*, 1845, gr. in-8, cart. toile, fers spéciaux. (*Cart. de l'éditeur.*)

279. **Férogio** (l'Album de). Études de figures dans les paysages. *Paris, F. Delarue, s. d.* Recueil de 133 pl. en portefeuille.

280. **Ferrant** (L.). Coleccion de 12 suertes de Toros, compuestas y litografiadas por Luis Ferrant. *Madrid, s. d.*, gr. in-4 obl., demi-rel. chag. rouge.

Manque la planche VIII.

281. **FÊTES PUBLIQUES** données par la ville de Paris à l'occasion du mariage de Mgr le Dauphin, les 23 et 26 février 1745, in-fol. max., texte gr. et pl., v. marb. (*Rel. fatiguée.*)

Dans le même volume. Fête publique donnée par la ville de Paris à l'occasion du mariage de Mgr le Dauphin avec la princesse Marie-Josèphe de Saxe le 15 janvier 1747. Texte gr. et pl.
Mouillures.

282. **Fieffé** (Eug.). Histoire des troupes étrangères au service de France, depuis leur origine jusqu'à nos jours, et de tous les régiments levés dans les pays conquis sous la première République et l'Empire. *Paris, Dumaine*, 1854, 2 vol. gr. in-8, fig. color., br.

283. **Fielding**. Histoire de Tom Jones, ou l'Enfant trouvé, trad. de l'anglois, par D. L. P. (de La Place). *Londres, J. Nourse*, 1750, 4 vol. in-12, front. et fig. par Gravelot, v. marb.

284. **Figuier** (L.). La Terre et les Mers. *Paris, Hachette et Cie*, 1866, 1 vol. — La Terre avant le déluge. *Paris*, 1866, 1 vol. — Les Grandes Inventions anciennes et modernes. *Paris*, 1867, 1 vol. — Ensemble 3 vol. in-8, fig., demi-rel. chag. vert.

285. **Filleul** (M.-E.). Histoire du siècle de Périclès. *Paris, F.-Didot et Cie*, 1873, 2 vol. in-8, br., n. c.

286. **Fisher's** Drawing Room scrap-book, 1836, with poetical illustrations by L. E. L. *London, Fisher et Co*, 1836, in-4, pl., demi-rel. chag. bl., pl. toile, tr. dor.

287. **Flandin** (Eug.). L'Orient, par Eugène Flandin. *Paris, Gide et Baudry*, 1853, in-fol., rel. toile.

Tome Ier contenant 50 planches sur le Bosphore, Constantinople, Scutari, les Dardanelles et Smyrne.

288. **Flaubert** (G.). Madame Bovary, mœurs de province. *Paris, M. Lévy frères*, 1857, 2 vol. in-12, br.

Édition originale avec les couvertures.

289. **Flaubert** (G.). Salammbô. *Paris, M. Lévy frères*, 1863, in-8, demi-rel. chag. bl., dos orné, fil., non rog.

Édition originale.
Exemplaire sur papier vergé.

290. **Flaxman**. Recueil de ses compositions gravées par Reveil, avec analyse de la Divine Comédie du Dante, et notice sur Flaxman. *Paris, Audot*, 1847, 2 vol. in-8 obl., fig. au trait, demi-rel. chag. noir, tr. dor.

291. **FLORE USUELLE**, recueil de plantes employées dans l'économie domestique, les beaux-arts, les arts mécaniques, la médecine, la pharmacie, etc., peinte par Mme Ernestine Panckoucke et P. J. F. Turpin. *Paris, Panckoucke, s. d.*, 3 vol. gr. in-8, planches color. (200), demi-rel. bas.

292. **FLORE DES JARDINIERS** amateurs et manufacturiers, d'après les dessins de Bessa. Extraits de l'Herbier de l'amateur. Recueil de 390 planches coloriées. *Paris, Audot*, 1836, 2 vol. gr. in-4, cart.

293. **Florian**. Fables, illustrées par J.-J. Grandville, suivies de Tobie et de Ruth, poèmes tirés de l'Écriture sainte. *Paris, J.-J Dubochet et Cie*, 1842, gr. in-8, cart. toile, fers spéciaux, tr. dor. (*Cart. des éditeurs.*)

Première édition avec les dessins de Grandville.

294. **Foé** (de). Vie et aventures de Robinson Crusoé, nouv. édit., revue et corrigée, ornée du portrait de l'auteur et de 18 gravures de Stothart, gr. par Delvaux. *Paris, Verdière*, 1821, 2 vol. in-8, bas. pleine.

295. **Foé** (Dan. de). Aventures de Robinson Crusoé, traduction nouvelle. Édition illustrée par Grandville. *Paris, H. Fournier*, 1840, gr. in-8, demi-rel. chag. viol., pl. toile.

Première édition avec les illustrations de Grandville.

296. **Fontane** (Marius). Voyage pittoresque à travers l'isthme de Suez, 25 grandes aquarelles d'après nature par Riou, lithogr. en couleur par Eug. Ciceri et J. Didier. *Paris, P. Dupont, s. d.*, gr. in-fol. portr., carte et pl., rel. toile, fers spéciaux, tête dor., non rog.

297. **Forbin** (comte de). Un mois à Venise, ou Recueil de vues pittoresques, dess. par M. le comte de Forbin et M. Dejuinne et lithogr. par Aubry-Lecomte, Fragonard, etc.,

avec un texte historique et explicatif. *Paris, Engelmann*, 1825, gr. in-fol. pl. (15) sur pap. de Chine, demi-rel. chag. viol.

Manque la planche 9e.

298. **Forster** (Ern.). Monuments d'architecture, de sculpture et de peinture de l'Allemagne, depuis l'établissement du christianisme jusqu'aux temps modernes, texte traduit par W. et E. de Suckau (peinture). *Paris, A. Morel et Cie*, 1859-1865, 2 vol. gr. in-4, avec pl., demi-rel. dos et coins de chag. r., tête dor. non rog.

299. **Fortoul** (H.). Les Fastes de Versailles depuis son origine jusqu'à nos jours. *Paris, Houdaille et Cie*, 1844, gr. in-8, fig. cart. toile, fers spéciaux, tr. dor. (*Cart. de l'éditeur.*)

300. **Foucaud** (Ed.). Les Artisans illustres, sous la direction de MM. Le Baron, Ch. Dupin et Blanqui aîné. *Paris, Béthune et Plon*, 1841, gr. in-8, portr. et nomb. vign. dans le texte, demi-rel. v. vert.

301. **Fournel** (V.). Les Rues de Paris. Galerie populaire et pittoresque. Ouvrage illustré de 165 grav. sur bois. *Paris, F.-Didot et Cie*, 1879, in-8, demi-rel. chag. r., pl. toile, tr. dor.

302. **Fragonard.** Recueil de divers sujets dans le style grec, composés, dessinés et gravés par Alex. Fragonard; accompagnés d'explications. *Paris, Bance*, 1815, in-fol., pl. (60), demi-rel. v., non rog. (*Piq. de vers dans le fond de la marge de la planche* 31 à 60.)

303. **Français** (les) peints par eux-mêmes. Encyclopédie morale du XIXe siècle, *Paris, L. Curmer*, 1840-1843, 8 vol. gr. in-8, fig. color. demi-rel. bas. r.

304. **Français** (les) sous Louis XIV et Louis XV. Texte par Ph. Audebrand, Royer de Beauvoir, E. de Labédollière, Paul L. Jacob, Ed. Thierry, etc. Vignettes par T. Johannot, Th. Fragonard, Gavarni, etc. *Paris, Challamel, s. d.*, gr. in-8, fig. color., demi-rel. chag. bl.

305. **France maritime** (la), fondée et dirigée par Am. Gréhan. *Paris, Dutertre*, 1852-53. 4 vol. — France militaire, histoire des armées françaises de terre et de mer de 1792 à 1837, par A. Hugo. *Paris, Delloye*, 1833-38, 5 vol. — France pittoresque, ou Description pittoresque, topographie et statistique des départements et colonies de la France, par A. Hugo. *Paris, Delloye*, 1833, 3 vol. — Ensemble, 12 vol. gr. in-8, fig. et cartes, demi-reliure.

306. **France** illustrated, exhibiting its landscape scenery, antiquities, military and ecclesiastical architecture, etc., drawings by Thomas Allom, descriptions by the Rev. G. N. Wright. *London, Fisher, son et C°* *s. d.*, 4 tomes en 2 vol. y compris le supplément, demi-rel. dos et coins de v. rose.

307. **France** (la) au XIXe siècle, illustrée dans ses monuments et ses plus beaux sites, dessinés, d'après nature, par Th. Allom, avec un texte descriptif par Ch.-J. Delille, *Londres, Fisher, fils et Cie*, *s. d.*, 3 vol. in-4, front. gr. et nomb. pl. hors texte, demi-rel. chag. vert.

308. **Francquart** (Jacques). Pompe funèbre du prince Albert, archiduc d'Autriche, représentée au naturel en tailles-douces, dessinées par J. Francquart et grav. par Corn. Galle, dissertation historique et morale d'Eryce Puteanus. *Bruxelles, J. Léonard*, 1729, in-fol. front. gr. et 64 pl., v. br.

Manque la planche 31.

309. **Froissart**. Les Chroniques de sire Jean Froissart, avec notes, éclaircissements, tables et glossaire, par J. A. C. Buchon. *Paris*, 1838-1842, 3 vol. gr. in-8 à 2 col., demi-rel. chag. gren.

310. **Fuentes** (Manuel A.). Lima or Sketches of the Capital of Peru, historical, statistical, administrative, commercial and moral. *Paris, F.-Didot et Cie*, 1866, gr. in-8, nombr. fig. dans le texte et pl. hors texte, cartonnage des éditeurs.

311. **Gaffarel** (P.). L'Algérie, histoire, conquête et colonisation. Ouvrage illustré de 4 chromolith., 3 cartes en couleur et de plus de 200 grav. sur bois, dont 22 hors texte. *Paris, F.-Didot et Cie*, 1883, gr. in-8, br.

312. **Gailhabaud** (J.). L'Art dans ses diverses branches, ou l'architecture, la sculpture, la peinture, la fonte, la ferronnerie, etc., chez tous les peuples et à toutes les époques jusqu'en 1789. *Paris, Cerf*, 1872, in-4, pl. (72), en feuilles dans un carton.

313. **Gaimard** (Paul). Voyage en Islande et au Groenland, Atlas historique lithographié d'après les dessins de M. A. Mayer. *Paris, Arthus Bertrand*, *s. d.*, 2 tomes en 1 vol. gr. in-fol., pl. (143), demi-rel. dos et coins de mar. r., dos orné, fil., non rog. (*Tache d'encre sur le bord de la marge.*)

314. **Galerie** de l'ancienne cour, ou Mémoires et anecdotes pour servir à l'histoire des règnes de Louis XIV et de Louis XV. *Maestricht,* 1787, 3 vol. in-12, chag. gren., tr. r.

315. **Galerie** de la presse, de la littérature et des beaux-arts; directeur des dessins; M. Charles Philipon; rédacteur en chef, M. Louis Huart. (Première et deuxième séries.) *Paris, Aubert,* 1839-1840, 2 tomes en 1 vol. in-4, portraits, rel. plein chag. gren., dos orné, fil., tr. dor.

316. **Galerie** de Rubens, dite du Luxembourg; ouvrage composé de 25 estampes, avec l'explication historique et allégorique de chaque sujet. *Paris, Le Roi,* 1846, gr. in-fol., cart. non rog.

317. **Galerie** des artistes dramatiques de Paris, 40 portraits en pied, dessinés d'après nature par L. Lacauchie et accompagnés d'autant de portraits littéraires (avec des notices biographiques, par Alex. Dumas, A. Arnould, Berlioz et autres). *Paris, Marchand,* 1841, in-4, portraits (80), demi-rel. mar. vert. (*Quelq. mouillures.*)

318. **Galerie** (la) des États généraux (par le Mis de Luchet, Cte de Rivarol, Cte de Mirabeau et Choderlos de Laclos). *S. l.* (*Paris*), 1789, 2 vol.—La Galerie des dames françaises, pour servir de suite à la Galerie des États généraux. *Londres,* 1790, 1 vol. — Supplément à la Galerie de l'Assemblée nationale, *s. d.* (*Octobre* 1789). — Ensemble 4 part. en 1 vol. in-8, demi-rel. mar. r., tête dor., non rog.

319. **Galerie** des plénipotentiaires au Congrès de Paris, photographiés par Mayer frères et Pierson, lithographiés par Arnout, Belliard, Desmaisons, etc., accompagné de notices historiques et biographiques et suivie du Traité de paix. *Paris, E. Bourdin,* 1856, rel. plein chag. r., fil. à fr., tr. dor.

Reliure aux armes de l'Empereur Napoléon III.

320. **Galerie** Durand-Ruel. Peinture. Spécimens les plus brillants de l'Ecole moderne. *Paris, Durand-Ruel,* 1845, 2 vol. gr. in-4, titre gr. et classement des gravures, pl. (120), demi-rel. toile.

321. **Galerie** française, ou Collection de portraits des hommes et des femmes qui ont illustré la France, dans les XVIe, XVIIe et XVIIIe siècles, avec des notices et des fac-similés, par une Société d'hommes de lettres et d'artistes. *Paris, F.-Didot,* 1821-23, 3 vol. gr. in-4, pap. vélin, fig. br., couv. papier, non rog.

322. **Galerie** historique des portraits des comédiens de la Troupe de Molière, gravés à l'eau-forte, sur des documents authentiques, par Fréd. Hillemacher, avec des détails biographiques succincts, relatifs à chacun d'eux. *Lyon, Scheuring*, 1869, in-8, pap. vergé teinté, br., couv.

323. **Galerie** historique de la Comédie-Française pour servir de complément à la Troupe de Talma, depuis le commencement du siècle jusqu'à l'année 1853, par E.-D. de Manne et Ménétrier, ornée de portraits gravés à l'eau-forte, par Fugère. *Lyon, Scheuring*, 1876, in-8, pap. vergé teinté, br., couv.

324. **Galerie** illustrée des célébrités contemporaines. — Les Théâtres de Paris, notices et portraits. Texte par une Société de gens de lettres. Dessins par Eustache Lorsay, lithographiés par Collette. *Paris, Martinon* (1854), 2 vol. gr. in-8, portraits color. (100), demi-rel. bas. bl.

325. **Galerie** militaire illustrée. Le Régiment de sapeurs-pompiers de Paris. Texte de Franç. Bournand, dessins de Ch. Morel. *Paris, Moutonnet*, 1887, in-4, fig., rel. toile.

326. **Galibert** (L.). Histoire de l'Algérie ancienne et moderne, illustrée de fig. en noir et color., d'après Raffet, Rouargue, etc. *Paris, Furne et Cie*, 1843. — Histoire de la République de Venise, figures par Rouargue. *Paris*, 1847. — Ensemble, 2 vol. gr. in-8, demi-rel. dos et coins de mar. r., tête dor., non rog., et demi-rel. chag. r.

327. **Galibert** (L.) et **C. Pellé**. L'Empire ottoman illustré. Constantinople ancienne et moderne, comprenant aussi les Sept Églises de l'Asie Mineure, illustrés d'après les dessins pris sur les lieux, par Th. Allom. *Paris, Fischer fils et Cie, s. d.*, 3 vol. in-4, fig., cart. toile, tr. dor.

328. **Garsault** (A. de). Le Nouveau parfait Maréchal, ou la Connaissance générale et universelle du cheval, avec un Dictionnaire des termes de cavalerie. *Paris, Hochereau*, 1770, in-4, fig.

Dans le même volume : Traité des voitures, pour servir de supplément au Nouveau parfait Maréchal. *Paris*, 1756, fig.

329. **Gautier** (Th.). Histoire de l'art dramatique en France depuis vingt-cinq ans. *Leipzig, édition Hetzel, Alph. Durr*, 1858-59, 6 vol. in-12, br., couv.

330. **Gautier** (Th.). Le Capitaine Fracasse, illustré de 60 dessins de Gustave Doré. *Paris, Charpentier*, 1866, gr. in-8, cart. toile, fers spéciaux, non rog.

Première édition avec les figures de Gustave Doré.

331. **Gautier** (Th.). La Nature chez elle. Eaux-fortes par K. Bodmer. *Paris, A. Marc*, 1870, gr. in-4, pap. teinté, br., couv.

332. **GAVARD** (Ch.). **GALERIES HISTORIQUES DE VERSAILLES**, dédiées à S. M. la reine des Français. *Paris, Ch. Gavard,* 1838 et ann. suiv. 16 vol. in-fol. y compris un vol. de texte, demi-rel. chag. r. tête dor., non rog.

333. **Gavarni**. Œuvres nouvelles. Masques et visages. *Paris, Librairie nouvelle*. Recueil de 60 pl. en 1 vol. gr. in-4, demi-rel. chag. bl., pl. toile, fers spéciaux, tr. dor.

334. **Gavarni**. Œuvres nouvelles. Par-ci, par-là et Physionomies parisiennes, 100 sujets. *Paris, A. Marc et Cie, s. d.*, in-fol. de 100 pl., demi-rel. chag. vert, pl. toile, tr. dor.

335. **Gavarni** (croquis de). Recueil de 70 pl. color., en 1 vol. in-4, demi-rel. bas.

Le Carnaval. — Les Étudiants de Paris. — Les Maris vengés. — Fourberies de femmes. — Les Débardeurs. — Nuances du sentiment. — Les Enfants terribles. — Les petits Malheurs du bonheur. — Clichy. — La Boîte aux lettres. — Politique des femmes. — Paris le matin. — Paris le soir. — Les Coulisses. — Les Artistes.

336. **Gavarni**. Les Débardeurs, 66 pl. — Les Étudiants de Paris, 60 pl. — Les Enfants terribles, 47 pl. — Ens. 3 vol. in-4 contenant 173 pl. color., cart.

337. **Gavarni**. Les Douze Mois, texte par Théophile Gautier. *Paris, Marc et Cie, s. d.*, in-fol., cart. toile, fers spéciaux, tr. dor.

338. **Gavarni**. Les Lorettes, 79 pl. color. en 1 vol. in-4, cart. toile bl.

339. **Gavarni**. Les Toquades, illustrées par Gavarni. — Étude de mœurs, par Ch. de Bussy. *Paris, Martinon, s. d.*, gr. in-8, cart. perc., non rog.

340. **Genoude**. La Vie de Jésus-Christ et des Apôtres, tirée des Saints Évangiles, suivie de la Morale chrétienne. *Paris, Pourrat frères*, 1836, 2 vol. gr. in-8 avec encadrements et vignettes, rel. plein chag. violet, dos ornés, encad. de fil. sur les pl., tr. dor.

341. **Gentilucci** (Mgr Emidio). Vie de la très sainte Vierge Marie, trad. en français par M. l'abbé Céleste Alix. *Paris, Julien, Lanier et Cie*, 1855, in-4, fig., cart. toile bl., fers spéciaux, tr. dor. (*Tache d'encre sur le bord de la marge.*)

Envoi autographe de l'auteur signé.

342. **GÉRARD** (Œuvre du baron François), 1789-1836. Portraits historiques en pied, tableaux d'histoire et de genre, esquisses peintes, tableaux ébauchés, compositions dessinées, fac-similés, portraits à mi-corps et portraits en buste. *Paris, Vignières, Rapilly*, 1852-1857, 3 vol. in-fol., pl. (241), demi-rel. toile, non rog.

343. **Gerson.** De l'Imitation de Jésus-Christ, traduite d'après un manuscrit de 1440, par l'abbé Delaunay. Edition nouvelle, corrigée, augmentée d'une nouvelle préface. *Paris, Tross*, 1869, in-8, pap. vél. grav. en bois, page entourée d'une bordure, br., couv.

344. **Gessner** (S.). La Mort d'Abel. *Paris, Renouard, an X* (1802), in-18, portr. et fig. de Moreau, mar. rouge, dos orné, fil., tr. dor.

345. **GEVARTIUS** (Casp.). Pompa introitus Ferdinandi Austriaci, Hispaniarum infantis, etc. A S. S. Q. Antuerp. decreta et adornata... arcus pegmata iconesq. a Pet. Paulo Rubenio... illustrabat C. Gervatius. *Antuerpiae, J. Meursius*, 1642, gr. in-fol., titre gr., portr. et pl. rel. vél. dos et pl. ornés de fil. or, tr. dor. (*Rel. anc.*)

Armoiries sur les plats.

346. **Giffart** (Pierre). L'Art militaire français, contenant l'exercice et le maniement des armes, tant des officiers que des soldats, représenté par des figures en taille-douce dessinées d'après nature. *Paris, P. Giffart*, 1698, in-8, fig., demi-rel. vél.

347. **Girardet** (Karl). Notice par A. Bachelin avec portrait gravé par Rob. Girardet et planches reproduites en héliogravure par Max Girardet. *Paris, Max Girardet*, gr. in-8, portr. et 100 pl. en feuilles dans un élégant emboîtage.

Manque la planche 69.

348. **Girodet**. Les Amours des Dieux, recueil de compositions dessinées par Girodet et lithographiées par Aubry Le Comte, Chatillon, Delorme, etc., avec un texte explicatif par P. A. Coupin. *Paris, Engelmann*, 1826, in-fol. pl. (16) tirées sur pap. de Chine, demi-rel. chag. r. (*Couverture comme titre.*)

349. **Godefroy** (Théodore). Le Cérémonial de France, ou descriptions des cérémonies, rangs et séances observés aux couronnements, entrées et enterrements des roys et roynes de France... *Paris, Abrah. Pacard*, 1619, in-4, vél.

350. **Godefroy** (Thédore.). Le Cérémonial françois, recueilly par Théodore Godefroy, et mis en lumière par Denys Godefroy. *Paris, Séb. Cramoisy*, 1649, 2 vol. in-fol., v. br.

351. **Gœthe**. Œuvres, traduction nouvelle, par J. Porchat. *Paris, Hachette et Cie*, 1861-63, 10 vol. in-8, portr. demi-rel. chag. vert.

352. **Gœthe** (le Faust de). Traduction revue et complète, précédée d'un essai sur Gœthe, par H. Blaze, édition illustrée par T. Johannot. *Paris, Dutertre*, 1847, gr. in-8, portr. et 9 eaux-fortes, gr. par Langlois et Lévy, tirés sur Chine, demi-rel. mar. bl., dos orné, fil.

353. **Gœthe**. Faust, traduction de J. Porchat, revue par B. Lévy. Ouvrage illustré de 13 grav. sur acier et 50 grav. sur bois, d'après les dessins de Liezen Mayer, et ornements, tête de page et culs-de-lampe, par R. Steitz. *Paris, Hachette et Cie*, 1878, in-fol, texte encadré, rel. toile r., fers spéciaux, tête dor., éb.

354. **Gœthe**. Werther, traduction nouvelle, précédée de considérations sur Werther, par Pierre Leroux, accompagnée d'une préface par G. Sand, 10 eaux-fortes par T. Johannot. *Paris, J. Hetzel*, 1845, gr. in-8, demi-rel. chag. violet, pl. toile, tr. dor.

Premier tirage avec les eaux-fortes tirées sur papier de Chine avec le nom de l'artiste à la pointe et avant la lettre.

355. **Gœthe**. Reineke Fuchs von W. von Gœthe, mit Zeichnungen von W. von Kaulbach, gest. von R. Rahn und A. Schleich, *Stuggart und Tübingen, Cotta*, 1846, gr. in-4, fig. sur bois et planches hors texte, gr. au burin, br. couv.

356. **Gœthe**. Le Renard (Keincke Fuchs), traduit par Ed. Grenier, illustré par Kaulbach. *Paris, Hetzel et Jamar, s. d.*, gr. in-8, demi-rel. chag. bl., pl. toile, tr. dor.

357. **Gœthe** (les Femmes de). Dessins de W. de Kaulbach, avec un texte par Paul de Saint-Victor. *Bruxelles, Lebègue et Cie*, 1872, in-fol., rel. toile r., fers spéciaux, tête dor., éb.

358. **Gœtschy** (G.). Les Jeunes Peintres militaires. A. de Neuville. Ed. Detaille. Dupray. Préface de E. Bergerat. *Paris, Baschet*, 1878, gr. in-4, contenant plus de 600 croquis inédits, 10 grands dessins et 5 photograv. tirés hors texte par Goupil et Cie, demi-rel. dos et coins de chag. r., pl. toile, tr. r.

359. **Goldsmith**. Le Vicaire de Wakefield, traduction nouvelle, précédée d'une notice sur la vie et les ouvrages de

Goldsmith et suivie de notes par Ch. Nodier, 10 vignettes dessinées par T. Johannot, gr. sur acier par Revel. *Paris, V. Lecou, Hetzel et Cie, s. d.* (1852), gr. in-8, cart. toile, fers spéciaux, tr. dor. (*Cart. des éditeurs.*)

360. **Goncourt** (E. et J. de). La Femme au XVIIIe siècle, nouv. édit., revue, augmentée et illustrée de 64 reproductions sur cuivre, par Dujardin, d'après les originaux de l'époque. *Paris, Firmin-Didot et Cie*, 1887, in-4, demi-rel. dos et coins de mar. r., dos orné, fil., tête dor., non rog.

361. **Goncourt** (Edm. et J. de). Histoire de Marie-Antoinette. *Paris, Firmin-Didot et Cie*, 1858, 1 vol. — Les Maîtresses de Louis XV. *Paris*, 1860, 2 vol. — La Femme au XVIIIe siècle. *Paris*, 1862, 1 vol. — Ensemble 4 vol. in-8, demi-rel. chag. bl., dos ornés, fil., tête éb., non rog.

Éditions originales.

362. **Goncourt** (E. et J. de). Histoire de Marie-Antoinette, édition ornée d'encadrements à chaque page par Giacomelli et de 12 planches hors texte, reproductions d'originaux du XVIIIe siècle. *Paris, Charpentier*, 1878, in-4, br. couv. illust.

363. **Goncourt** (Edm. et J. de). Histoire de la société française pendant la Révolution et pendant le Directoire. *Paris, Didier*, 1864-1876, 2 vol. — Manette Salomon. *Paris, A. Lacroix et Cie*, 1867, 2 vol. — Charles Demailly. *Paris, A. Lacroix et Cie*, 1868, 1 vol. — Ensemble, 5 vol. in-12, demi-rel. v. f., dos ornés.

Envoi autographe des auteurs à M. Marcelin.

364. **Goncourt** (E. et J. de). Gavarni, l'homme et l'œuvre, ouvrage enrichi du portrait de Gavarni, gravé à l'eau-forte par Flameng, et d'un fac-similé d'autographe. *Paris, Plon*, 1873, in-8, demi-rel. chag. gren., dos orné, fil., éb.

Envoi autographe de Ed. de Goncourt à M. Marcelin.

365. **Goncourt** (Edm. et J. de). Gavarni, l'homme et l'œuvre. *Paris, Plon*, 1873, 1 vol., portr. et fac-similé. — Catalogue raisonné de l'Œuvre peint, dessiné et gravé d'Antoine Watteau. *Paris, Rapilly*, 1875, 1 vol. portr. — Catalogue raisonné de l'Œuvre peint, dessiné et gravé de P.-P. Prud'hon. *Paris, Rapilly*, 1876, 1 vol., portr. — Ensemble 3 vol. in-8, br. et cart. perc. grise, non rog.

366. **Goncourt** (E. et J. de). L'Art du dix-huitième siècle, 3e édit., revue et augmentée, et illustrée de planches hors

texte. *Paris*, *Quantin*, 1880-1882, 2 vol. in-4, papier de Holl., 70 pl. hors texte, en héliogravure, cart., dos et coins de chag. bl., dessin en mosaïque sur les pl., non rog.

367. **Gonse**. Les Beaux-Arts et les Arts décoratifs à l'Exposition universelle de 1878, sous la direction de M. Louis Gonse. — L'Art moderne et l'Art ancien. *Paris*, 1879, 2 vol. gr. in-8, pap. teinté, nombr. fig. dans le texte et pl. à part, gr. à l'eau-forte, br.

368. **Gosmond** (A.) de Vernon. Les Campagnes de Louis XIV le Bien-Aimé, représentées par des figures allégoriques, avec une explication historique. *Paris*, *chez l'auteur*, 1751, in-4, demi-rel. v. ant.

369. **Goudelin** (Pierre). Œuvres complètes de P. Godolin, avec traduction en regard, notes historiques et littéraires, par MM. J.-M. Cayla et Cleobule Paul. *Toulouse*, *Delboy*, 1843, gr. in-8, fig., demi-rel. v. violet, non rog.

370. **Goujon** (Jean). Œuvre, gravé au trait d'après ses statues et ses bas-reliefs par Réveil, édition classique contenant 91 planches et une table indicative des sujets. *Paris*, *Audot*, *s. d.*, in-4, demi-rel. chag. violet, pl. montées sur onglets.

371. **Goulet**. Fêtes à l'occasion du mariage de S. M. Napoléon avec Marie-Louise. Recueil de gravures au trait, avec une description par Goulet. *Paris*, *Soyer*, 1810, in-8, demi-rel. bas., tête jasp., non rog.

Dans le même volume. Recueil des ouvrages de peinture, sculpture, architecture, gravure, cités dans le rapport du Jury sur les prix décennaux, exposés le 25 août 1810, pub. par C. P. Landon. *Paris*, 1810, pl. (45).

372. **Gourdault** (J.). La Suisse, études et voyages à travers les 22 cantons. (Deuxième partie.) *Paris*, *Hachette et Cie*, gr. in-4, nomb. grav. sur bois, br. (*Manque le titre.*)

373. **Gourdon** (Ed.). Le Bois de Boulogne. Illustrations d'Edmond Morin. *Paris*, *Librairie nouvelle*, 1861, gr. in-8, demi-rel. chag., pl. toile, tr. dor.

Envoi autographe de l'auteur à Mme la comtesse Walewska.

374. **Grande Ville** (la). Nouveau Tableau de Paris, comique critique et philosophique, par Ch.-Paul de Kock, Balzac, Dumas, etc., illustrations de Gavarni, V. Adam, Daumier, H. Monnier, etc. *Paris*, *Bureau des publications nouvelles*, *V. Magen*, 1842-43, 2 tomes en 1 vol. gr. in-8, avec 17 pl. hors texte, demi-rel. chag. vert, non rog.

375. **GRANDVILLE. LES MÉTAMORPHOSES DU JOUR.** *Paris, Bulla*, 1829, in-4 obl., demi-rel. bas. gren., couv. impr.

Recueil très rare composé de 72 lithographies coloriées contenant la préface d'Achille Comte. Manque le titre. Exemplaire auquel on a ajouté 6 lith. signées J. Grandville, dont 4 color. et 2 en noir.

376. **Grandville.** Un autre monde. Transformations, visions, incarnations, ascensions, locomotions, explorations, stations, etc., texte par Taxile Delord. *Paris, H. Fournier*, 1844, in-4, grav. sur bois dans le texte, front. et pl. color., cart. toile bl., non rog.

377. **Grandville.** Cent Proverbes, texte par T. Delord, A. Achard et A. Frémy. *Paris, H. Fournier*, 1845, gr. in-8, fig., demi-rel. chag. r., dos orné, fil.

Premier tirage des Figures.

378. **Grandville.** Les Fleurs animées, introduction par Alph. Karr, texte par T. Delord. *Paris, G. de Gonet*, 1847, 2 vol. gr. in-8, fig. color., demi-rel. bl., tr. dor.

Exemplaire du premier tirage.

379. **Grandville** (J.-J.). Les Étoiles, dernière féerie, texte par Méry. — Astronomie des dames, par le Cte de Fœlix. *Paris, G. de Gonet, s. d.* (1849), gr. in-8, fig., cart. toile, fers spéciaux, tr. dor. (*Cart. de l'éditeur.*)

380. **Grasset** (E.). Histoire des quatre fils Aymon, très nobles et très vaillants chevaliers. Illustrée de compositions en couleurs par Eug. Grasset, gravure en impression par Ch. Gillot, introduction et notes par Ch. Marcilly. *Paris, Launette*, 1883, in-4, br., couv. illust.

381. **Gravures** sur bois tirées des livres français du XVe siècle. Sujets religieux, démons, êtres imaginaires, mœurs et coutumes, imprimerie, grande danse macabre, des hommes et des femmes, lettres ornées, écussons, chiffres, marques inédites. *Paris, A. Labitte*, 1868, in-4, pap. vergé, pl. (75) représentant 324 fig., cart. Bradel, non rog.

382. **Gréville** (H.). Le Vœu de Nadia, illustrations d'Adrien Marie. *Paris, Plon et Cie*, 1883, gr. in-8, br., couv.

383. **Grévin** (A.). Le Monde amusant. *Paris, bureaux du Journal amusant, s. d.*, 6 vol. in-4 (albums 1 à 6), pl. color., br., couv.

384. **Grévin** (A.). L'Esprit des femmes, avec préface par Pierre Véron. *Paris, Dusacq et Cie, s. d.*, in-4 de 40 pl. color., cart. toile, fers spéciaux, tr. dor. (*Cart. de l'éditeur.*)

385. **Grévin** (A.) et **A. Huart**. Les Parisiennes. *Paris, Librairie illustrée, s. d.*, gr. in-8, nomb. fig. dans le texte et 100 dessins color. hors texte, br., couv.

386. **Guéranger** (Dom). Sainte Cécile et la Société romaine aux deux premiers siècles. Ouvrage contenant 2 chromolith., 6 pl. en taille-douce et 250 grav. sur bois, 5e édition. *Paris, F.-Didot et Cie*, 1879, in-4, demi-rel. chag. r., pl. toile, fers spéciaux, tr. dor.

387. **Guérin** (L.). Les Marins illustres de la France. *Paris, Belin-Leprieur*, 1845, gr. in-8, fig., demi-rel. chag. bl., pl. toile, tr. dor.

388. **Guilbert** (A.). Histoire des villes de France, avec une introduction générale pour chaque province. *Paris, Furne et Cie*, 1844-48, 6 vol. gr. in-8 de texte et 1 vol. de planches, demi-rel. chag. viol.

389. **Guillaume de Tyr** et ses continuateurs. Texte français du XIIIe siècle, revu et annoté par Paulin Paris. *Paris, Firmin-Didot et Cie*, 1879, 2 vol. gr. in-8, cartes, demi-rel. dos et coins de mar. r., dos ornés, fil., tête dor., éb.

390. **Guimet** (E.). Promenades japonaises, avec dessins d'après nature et chromolithographies par F. Régamey. *Paris, Charpentier*, 1878-1880, 2 vol. in-4, rel. toile, fers spéciaux, tr. dor.

391. **Guinot** (Eug.). L'Été à Bade, illustré par T. Johannot, E. Lami, Français et Jaquemot. *Paris, Furne et Cie ; E. Bourdin, s. d.* (1847), gr. in-8, vign. sur bois dans le texte, fig. hors texte en noir et color., carte, cart. toile verte, tr. dor. (*Rel. des éditeurs.*)

392. **GUIZOT** (F.). L'Histoire de France depuis les temps les plus reculés jusqu'en 1789, racontée à mes petits-enfants. *Paris, Hachette et Cie*, 1872-1876, 5 vol. — L'Histoire de France depuis 1789 jusqu'en 1848, racontée à mes petits-enfants. *Paris, Hachette et Cie*, 1878-79, 2 vol. — Ensemble 7 vol. in-4, nomb. gravures dessinées sur bois, demi-rel. chag. vert, pl. toile, r. dor. (*Rel. des éditeurs.*)

393. **Guizot**. L'Histoire de France depuis les temps les plus reculés jusqu'en 1789, racontée à mes petits-enfants (tomes I, II, III). *Paris, Hachette et Cie*, 1877, 3 vol. — L'Histoire de France depuis 1789 jusqu'en 1848 (tome II). *Paris, Hachette, et Cie*, 1879, 1 vol. — Ensemble, 4 vol. gr. in-8, nombr. fig., br., couv.

394. **Guizot** (F.). L'Histoire d'Angleterre, depuis les temps les plus reculés jusqu'à l'avènement de la reine Victoria, racontée à mes petits-enfants, et recueillie par Mme de Witt, née Guizot. *Paris, Hachette et Cie*, 1877-1878, 2 vol. in-4, nomb. gravures dessinées sur bois, demi-rel. chagr. r., pl. toile, tr. dor. (*Rel. des éditeurs.*)

395. **GYP.** (**MADAME DE MARTEL.**) Œuvres. 14 vol. in-2, br., couv.

Éditions originales, avec envois autographes de l'auteur à Marcelin. La Vertu de la baronne. — Ce que femme veut. — Autour du mariage. — Un homme délicat. — Le Monde à côté. — Le Druide. — Joies conjugales. — Elles et Lui. — Le plus heureux de tous. — Sans voiles. — Plume et Poil. — Pour ne pas l'être. — Dans l'Iram. — Une Gauche célèbre.

396. **Gyp.** Les Chasseurs. Dessins de Crafty. *Paris, Calmann Lévy*, 1888, in-4, br., couv. illust.

Exemplaire avec envois autographes de Gyp et de Crafty, à M. Marcelin.

397. **Habillements** de plusieurs nations, représentez au naturel en 137 belles figures. *A Leide, chez Pierre Vander Aa, s. d.* (vers 1700), in-4 obl., v. gr.

Recueil de 133 planches au lieu de 137.

398. **Haghe** (L.). Sketches in Belgium and Germany. *London, Hogdson and Graves*, 1840-45, 2 vol. gr. in-fol., 52 lithographies sur fond teinté, demi-rel. chag. r., pl. toile.

399. **HALEVY** (Lud.). L'Invasion, souvenirs et récits. *Paris, M. Lévy frères*, 1872, in-12, demi-rel. chag. r., tête dor.

Édition originale, avec envoi autographe de l'auteur à M. Marcelin.

400. **Halévy** (Lud.). Les Petites Cardinal, douze vignettes par Henry Maigrot. *Paris, Calmann Lévy*, 1880, in-12, br.

Édition originale avec la couverture et envoi autographe de l'auteur à M. Marcelin.

401. **Halévy** (Lud.). Deux mariages. *Paris, Calmann Lévy*, 1883, in-12, pap. vélin, br., couv.

Exemplaire avec envoi autographe de l'auteur à M. Marcelin.

402. **Halévy** (Lud.). La Famille Cardinal. *Paris, Calmann Lévy*, 1883, in-12, pap. vélin, br., couv.

Exemplaire avec envoi autographe de l'auteur à M. Marcelin.

403. **Harding's** Sketches at home and abroad. *London, Ch. Till, s. d.*, in-fol., pl. (50), demi-rel. dos et coins de chag. vert.

404. **Havard** (H.). La Hollande à vol d'oiseau. Eaux-fortes et fusains par Max. Lalanne. *Paris, G. Decaux; A. Quantin*, 1881, in-4, cart. perc., fers spéciaux, tr. dor.

405. **Havard** (H.). L'Art dans la Maison (Grammaire de l'ameublement). Illustrations de MM. Corroyer, C. David, E. Prignot, Fichot, Kauffmann, Scott, Lancelot, etc. *Paris, Rouveyre et Blond*, 1884, in-4, nomb. fig. dans le texte et pl. hors texte en noir et en couleur, br., couv.

406. **HEFNER-ALTENECK** (J.-H. de). Costumes du moyen âge chrétien, d'après des monuments contemporains. *Francfort sur le Mein, H. Keller*, 1840-1854, 6 vol. in-4, dont 3 vol. de texte et 3 vol. de planches color. demi-rel. dos et coins de mar. La Vall., tête dor., non rog. pl. mont. sur onglets.

1re division : Du temps le plus ancien jusqu'à la fin du XIIIe siècle. — 2e division : XIVe et XVe siècles. — 3e division : XVIe siècle.

407. **Helman**. Suite des 16 estampes représentant les conquêtes de l'empereur de la Chine, avec leur explication. — Abrégé historique des principaux traits de la vie de Confucius, en 24 estampes, grav. par Helmann. *Paris, s. d.* — Faits mémorables des empereurs de la Chine, tirés des Annales chinoises, en 24 estampes grav. par Helman en 1788. *Paris*, 1788. — Ensemble 1 vol. gr. in-4 obl., cart.

408. **HERCULANUM ET POMPÉI**, recueil général des peintures, bronzes, mosaïques, etc., découverts jusqu'à ce jour, et reproduits d'après tous les ouvrages publiés jusqu'à présent, ouvrage contenant près de 800 planches gravées par Roux, et accompagné d'un texte explicatif par Barré. *Paris, Didot et Cie*, 1870-72, 8 vol. gr. in-8, cart., non rog.

409. **Héricault** (Ch. d') et **L. Moland**. La France guerrière, récits historiques d'après les chroniques et les mémoires de chaque siècle. Ouvrage enrichi de nomb. grav. sur acier d'après les tableaux des grands peintres. *Paris, Garnier frères*, 1868, br., couv.

410. **Highlanders** at Home or Gaelic gatherings by R. R. M. Ian Esq. With descriptions by J. Logan. *London, Dean et Son*, in-fol., pl. (23), rel. toile, fers spéciaux, tr. dor.

411. **Histoire** populaire de la France, illustrée de 1358 vignettes. *Paris, Hachette et Cie*, 1862-1863, 4 vol. — Histoire populaire contemporaine de la France, illustrée de 1040 vignettes. *Paris, Hachette et Cie*, 1864-1866, 4 vol. — Ensemble 8 vol. gr. in-8, cart. toile r. (*Rel. des éditeurs.*)

412. **Historial** (l') du Jongleur. Chroniques et légendes françaises, pub. par MM. Ferd. Langlé et E. Morice, ornées d'initiales, vignettes et fleurons imités des manuscrits originaux. *Paris, F. Didot*, 1829, in-8, goth. cart., tête éb., non rog.

413. **Hoffmann**. Contes fantastiques, traduction nouvelle, précédés de souvenirs intimes sur la vie de l'auteur, par P. Christian, illustrés par Gavarni. *Paris, Lavigne*, 1843, gr. in-8, demi-rel. v. r., dos orné.

414. **Holbein** (H.). L'Alphabet de la mort, entouré de bordures du XVIe siècle et suivi d'anciens poèmes français sur le sujet des trois mors et des trois vis, pub. par A. de Montaiglon. *Paris, Tross*, 1856, in-8. — L'Alfabeto della morte. *Parigii, Tross*, 1856, in-8. — Der Todtentanz von H. Holbein, herausgegeben von F. Lippmann. *Berlin*, 1879, in-12. — Ensemble 3 vol., br. et cart. non rog.

415. **Hooge** (Romain de). Les Indes orientales et occidentales et autres lieux, représentés en très belles figures. *Leyde, Vander Aa, s. d.* (v. 1700), in-fol. obl., titre gr., 4 cartes et 30 pl. au lieu de 48, v. ant.

416. **Horace**. Quinti Horatii Flacci Opera, cum novo commentario ad modum Joannis Bond. *Parisiis, F. Didot*, 1855, in-16, front. et vign. gr. d'après les dessins de Barrias, demi-rel. chag. r., tête éb., non rog.

417. **Houssaye** (A.). Les Cent et un Sonnets. Gravures et eaux-fortes. *Paris, librairie à estampes, s. d.*, in-4, pap. de Holl., br., couv.

Exemplaire avec envoi autographe de l'auteur à M. Marcelin.

418. **Houssaye** (A.). Voyage à ma fenêtre. *Paris, V. Lecou*, gr. in-8, nomb. grav. sur bois dans le texte, titre, front. et 10 pl. gr. sur acier, demi-rel. chag. vert, pl. toile.

Première édition. — Raccommodage et déchirure à un feuillet.

419. **Houssaye** (H.). Histoire d'Alcibiade et de la République athénienne, depuis la mort de Périclès jusqu'à l'avènement des trente Tyrans. *Paris, Didier et Cie*, 1873, 2 vol. in-8, br.

L'un des 20 exemplaires tirés sur papier de Hollande, avec envoi autographe de l'auteur à M. Marcelin.

420. **Hubault** et **Marguerin**. Les Grandes Époques de la France, des origines à la Révolution, édition illustrée par Godefroy Durand. *Paris, Delagrave*, 1868, gr. in-8, cart. toile r.

Exemplaire avec envoi autographe de M. Marguerin à M. Marcelin.

421. **Hugo** (V.). Œuvres. *Paris, Furne et Cie*, 1840-41, 12 vol. in-8, fig. de Bayalos, Colin, Boulanger, Raffet, Alf. Johannot, Tony Johannot, etc., demi-rel. chag. noir, tr. dor.

422. **Hugo** (V.). Œuvres. *Paris, Hachette, Hetzel et A. Lacroix*. 1863-1869, 12 vol. in-12, demi-rel. chag. violet, tête dor., non rog.

Le Rhin, 3 vol. — Les Châtiments, 1 vol. — Les Contemplations, 2 vol. — La Légende des siècles, 1 vol. — Théâtre, 4 vol. — Les Chansons des rues et des bois, 1 vol.

423. **Hugo** (V.). Œuvres. *Paris*, 1877-1885, 4 vol. gr. in-8, avec illustrations de E. Bayard, V. Hugo, D. Vierge, Flameng, Scott, etc., br., couv.

Quatre-vingt-treize. — Histoire d'un crime. — L'Année terrible. — L'Homme qui rit.

424. **Hugo** (V.). Notre-Dame de Paris, seconde édition. *Paris, Ch. Gosselin*, 1831, 2 vol. in-8, vign. de T. Johannot sur les titres, demi-rel. v. br.

425. **Hugo** (V.). Notre-Dame de Paris, édition illustrée d'après les dessins de E. de Beaumont, L. Boulanger, Daubigny, T. Johannot, de Lemud, Meissonier, etc. *Paris, Perrotin-Garnier frères*, 1844, gr. in-8, demi-rel. chag. La Vall.

426. **Hugo** (V.). Les Misérables, illustrés de 200 dessins par Brion, gravures de Yon et Perrichon. *Paris, Hetzel et A. Lacroix*, 1872, gr. in-8 à 2 col., demi-rel. bas. r.

427. **Hume** (D.) et **T. Smolett**. Histoire d'Angleterre. *Paris, H. Boisgard*, 1853, 4 tomes en 1 vol. gr. in-8 à 2 col., nomb. fig. dans le texte, par Dupré, Philippoteaux, etc., demi-rel. chag. La Vall., éb.

428. **Hygini** (C.-Julii), Augusti liberti, fabularum liber, ad omnium poetarum lectionem mire necessarius, et nunc denuo excusus, ejusdem poeticon astronomicon, libri quatuor... *Basileae, Hervagiana*, 1570, in-fol., fig. sur bois, v. ant. (*Rel. fatiguée.*)

Légères piqûres de vers et mouillures.

429. **Icones** operum misericordiae cum Julii Roseii Hortini sententiis et explicationibus. Pars prior eorum quae ad corpus pertinent; pars posterior, eorum quae ad animum referuntur. *Impensis Barthol. Grassii. Rom. Bibliopolae, incidebat Romae Marius Cartarius*, 1586, in-fol., nombr. fig. sur cuivre, cart.

430. **ICONOGRAPHIE DES CONTEMPORAINS** ou Portraits des personnes dont les noms se rattachent plus particulièrement, soit par leurs actions, leurs écrits, aux divers événements qui ont eu lieu en France, depuis 1789 jusqu'en 1829, lithographiés par les plus habiles artistes. *Paris, Delpech,* 1832, 2 vol. gr. in-fol. fac-similé et portr., demi-rel. dos et coins de v. f., pl. toile, tête éb., non rog.

431. **Iconographie** des contemporains depuis 1789 jusqu'à 1829. *Paris, Delpech*, 1833, 2 vol. gr. in-8, contenant 202 portraits des personnes célèbres, avec un fac-similé de leur écriture, demi-rel. bas. gren.

432. **Iconographie** instructive ou Collection de portraits des personnages les plus célèbres de l'histoire moderne. *S. l.*, 1831, gr. in-8, portraits, demi-rel. v. br.

433. **Illustration** (l'). *Paris*, 1848-1871, 15 vol. in-fol., fig., demi-rel. chag. r., dos ornés, fil.

1848 : Gouvernement provisoire. — Journées de Juin. — Présidence du général Cavaignac. — Présidence du prince Louis-Napoléon, 2 vol. — 1855 : Guerre de Crimée. — Exposition, 2 vol. — 1859 : Campagne d'Italie, 2 vol. — 1860 : Révolution de Naples. — Expédition de Chine, 1 vol. — 1862 : Expédition du Mexique. — Guerre d'Amérique, 1 vol. — 1863 : Expédition du Mexique. — Insurrection de Pologne. — Guerre d'Amérique, 1 vol. — 1867 : Exposition universelle, 2 vol. — 1870 : Fin de l'Empire. — Guerre franco-allemande. — Siège de Paris, 2 vol. — 1871 : Présidence de M. Thiers. — La Commune, 2 vol.

434. **Imagines Farnesiani** cubiculi cum ipsarum monocromatibus et ornamentis Romae in aedibus sereniss. ducis Parmensis ab Annibale Carraccio aeternitati pictae a Petro Aquila delineatae incisae. *Romae, Jacob de Rubris, s. d.*, in-fol., pl. (20), v. ant.

435. **Imitation** (l') de Jésus-Christ, traduction nouvelle par l'abbé F. de La Mennais, avec des réflexions à la fin de chaque chapitre, nouv. édit. *Paris, rue du Paon* (*impr. de J. Didot*), 1825, in-8, pap. vél. caval., avec 5 grav. de Devéria, rel. plein chag. r., dos orné, fil., fers à froid, dent. int., tr. dor.

436. **Impressions de Troyes.** *Baudot, Garnier, etc.* 11 vol. pet. in-8 et in-12, cart. perc. grise.

La Vie, mort et passion de Jésus-Christ. — Histoire de Jean de Paris, roi de France. — Pierre de Provence et la belle Maguelone. — Sans-Chagrin ou le Conteur amusant. — Le Portrait et les Aventures divertissantes du duc de Roquelaure. — Les Facétieuses rencontres de Verboquet. — Histoire de la vie, grandes voleries de Guilleri. — Nouveau Traité de la civilité. — Le Miroir d'astrologie naturelle. — Histoire plaisante de Tiel Ulespiègle. — Le Nain jaune.

437. **Isabey** (J.). Voyage en Italie, en 1822. Recueil de 30 dessins lithographiés par Isabey, in-fol. demi-rel. chag. r.

438. **Itinéraire pittoresque** au nord de l'Angleterre; contenant 73 vues des lacs, des montagnes, des châteaux, etc., des comtés de Westmorland, Cumberland, Durham et Northumberland; accompagné de notices historiques et topographiques en français, en anglais et en allemand, le texte français par J.-F. Gérard. *Londres, Fisher et Co*, 1835, in-4, demi-rel. chag. vert, tr. dor.

439. **Jacquemart** (Alb.). Histoire du mobilier, recherches et notes sur les objets d'art... Ouvrage contenant plus de 200 eaux-fortes typographiques, procédé Gillot, par J. Jacquemart. *Paris, Hachette et Cie*, 1876, gr. in-8, demi-rel. chag. r., pl. toile, fers spéciaux, tr. dor.

440. **JACQUEMIN** (Raphaël). Iconographie générale et méthodique du costume, du IVe au XIXe siècle (315-1815). Collection gravée à l'eau-forte, d'après des documents authentiques et inédits, par R. Jacquemin, avec une table méthodique. *Paris, chez l'auteur, s. d.*, in-fol. de 200 pl., contenant 420 fig., demi-rel. chag. r., tête dor., non rog.

Exemplaire avec les figures coloriées au pinceau.

441. **Jacquemin** (R.). Histoire générale du costume civil, religieux et militaire du IVe au XIIe siècle (Occident, 315-1100). Ouvrage illustré de 48 planches coloriées hors texte, dess. et gr. par l'auteur. *Paris, Delagrave, s. d.*, in-4, demi-rel. chag. vert, pl. toile, fers spéciaux, tr. dor.

442. **Jacquemont** (V.). Correspondance inédite avec sa famille et ses amis, 1824-1832, précédée d'une notice biographique, par V. Jacquemont neveu, et d'une introduction, par Prosper Mérimée. *Paris, M. Lévy frères*, 1867, 2 vol. in-8, demi-rel. chag. La Vall., tête dor., éb.

443. **Janin** (J.). L'Ane mort, édition illustrée par T. Johannot. *Paris, E. Bourdin*, 1842. — La Normandie illustrée, par Morel-Fatio, Gigoux, Alf. Johannot, etc. *Paris, Bourdin, s. d.* (1843). — L'Eté à Paris. *Paris, L. Curmer, s. d.* (1843). — La Bretagne illustrée, par H. Bellangé, Gigoux, Daubigny, etc. *Paris, Bourdin, s. d.* (1844). — Un hiver à Paris, troisième édition. *Paris, Curmer*, 1845. — Ensemble 5 vol. gr. in-8, fig., reliés et cart. toile, tr. dor.

444. **Jardin** (le) des Plantes, description complète, historique et pittoresque du Muséum d'histoire naturelle, de la ménagerie, des serres, des galeries de minéralogie et d'anatomie et de la vallée suisse... par P. Bernard, L. Couailhac,

Gervais et Emm. Lemaout. *Paris, L. Curmer*, 1842-43, 2 vol. gr. in-8, nomb. vign. dans le texte et pl. hors texte en noir et color., demi-rel. chag. gren., éb.

Première édition.

445. **Jeaurat** (Edme-Sébast.). Traité de perspective à l'usage des artistes, où l'on démontre géométriquement toutes les pratiques de cette science. *Paris, Jombert*, 1750, in-4, v. marb.

100 planches techniques, 1 vign. par Soubeyran et 55 culs-de-lampe, dont plusieurs se répètent, par Babel, Cochin et Marvye.

446. **Johnston** (Rob.). Travels through part of the Russian Empire and the Country of Poland; along the southern shores of the Baltic, illustrated with maps and numerous coloured plates. *London, J.-J. Stockdale*, 1815, in-4, fig. color., demi-rel. chag. r.

447. **Joinville** (Jean, sire de). Histoire de saint Louis. Credo et Lettre à Louis X, texte original, accompagné d'une traduction par M. Natalis de Wailly. Ouvrage contenant 2 cartes géographiques, 2 chromolith. et des grav. noires. *Paris, Firmin-Didot et Cie*, 1874, gr. in-8, demi-rel. dos et coins de mar. r., dos orné, fil., tête dor., non rog.

448. **Jombert** (Ch.-Ant.). Méthode pour apprendre le dessin, enrichie de 100 planches représentant différentes parties du corps humain d'après Raphaël et les autres grands maîtres, plusieurs figures académiques, dess. d'après nature par Cochin. *Paris, Cellot*, 1784, in-4, fig. v. ant. (*Reliure fatiguée.*)

Manque la moitié du texte de la première page.

449. **Journées** illustrées de la Révolution de 1848. Récit historique de tous les événements accomplis depuis le 22 février jusqu'au 21 décembre 1848, ouvrage illustré de 600 gravures sur tous les événements de cette époque, tant en France qu'à l'étranger. *Paris, aux bureaux de l'Illustration*, in-fol. cart. toile, fers spéciaux, tr. dor.

450. **Jovius** (Paulus). Vitae illustrium virorum. *Basileæ, H. Petri et Petri Pernæ*, 1576-77, 2 vol. — Elogia virorum bellica virtute illustrium, septem libris iam olim ab authore comprehensa, et nunc ex eiusdem Musaeo ad vivum expressis imaginibus exornata. *Basileæ, Pernæ*, 1596. — Elogia virorum literis illustrium quotquot vel nostra vel avorum memoria vixere. *Basilæ, Pernæ*, 1577. — Ens. 4 parties en 1 vol. in-fol., fig. sur bois.

451. **Jubé** (le général Auguste), baron de la Perelle. Le Temple de la gloire, ou les Fastes militaires de la France, depuis le règne de Louis XIV jusqu'à nos jours. *Paris, Rapet*, 1819-1820, 2 vol. in-fol., fig., cart.

Ouvrage non terminé et qui s'arrête à la fin des guerres de la République.

452. **Jullien** (Ad.). La Comédie à la Cour, les Théâtres de société royale pendant le siècle dernier. *Paris, F. Didot et Cie, s. d.*, in-4, grav. en taille-douce, eaux-fortes et grav. sur bois, demi-rel. dos et coins de mar. r., dos orné, fil., tête dor., non rog.

453. **Jullien** (Ad.). Histoire du costume au théâtre, depuis les origines du théâtre en France jusqu'à nos jours. Ouvrage orné de 27 gravures et dessins originaux tirés des archives de l'Opéra et reproduits en fac-similé. *Paris, Charpentier*, 1880, gr. in-8, demi-rel. chag. r., pl. toile, tr. dor.

454. **Kanitz** (F.). La Bulgarie Danubienne et le Balkan, études de voyage (1860-1880). Edition française pub. sous la direction de l'auteur, illustrée de 100 gravures sur bois et accompagnée d'une carte. *Paris, Hachette et Cie*, 1882, gr. in-8, br.

455. **King** (Edw.). The Southern States of North America : a record of journeys in Louisiana, Texas, Missouri, Arkansas, Mississipi, etc., etc., profusely illustrated from original sketches, by J. Wells Champney. *London, Blackie et son*, 1875, gr. in-8 de 806 pp., nomb. fig. dans le texte et pl. hors texte, carte, cart. toile, tr. dor.

456. **Kleist** (H. de). La Cruche cassée, comédie en un acte, trad. de l'allemand par Alfred de Lostalot, avec 34 illustrations gravées sur bois, d'après les compositions originales de Ad. Menzel. *Paris, F. Didot et Cie*, 1884, in-4, texte encadré, cart., non rog. (*Cart. des éditeurs.*)

457. **La Bédollière** (Em. de). Le Nouveau Paris, histoire de ses 20 arrondissements. Illustrations de G. Doré, cartes topographiques de Desbuissons. *Paris, G. Barba, s. d.*, in-4. — Les Industriels. Métiers et professions en France, avec 100 dessins par H. Monnier. *Paris, Vve L. Janet*, 1842, in-8. — Londres et les Anglais, illustrés par Gavarni. *Paris, G. Barba, s. d.* (1862), gr. in-8. — Ens. 3 vol. demi-rel. chag.

458. **Laborde** (comte Alex. de). Versailles ancien et moderne. *Paris, imprim. Schneider et Langrand*, 1841, gr. in-8, nomb. fig. dans le texte, demi-rel. v. rose.

459. **La Bruyère**. Œuvres, nouv. édit., revue sur les plus anciennes impressions et augmentée de morceaux inédits, etc., par G. Servois. *Paris, Hachette et Cie*, 1865-1878, 3 vol. in-8 et album, demi-rel. chag. vert, pl. toile, tr. dor.

460. **La Bruyère**. Les Caractères ou les Mœurs de ce siècle, suivis du discours à l'Académie et de la traduction de Théophraste. *Paris, Belin-Leprieur*, 1845, gr. in-8, grav. sur bois, par Grandville, Penguilly et autres, dont 26 fig. hors texte tirées sur Chine avant la lettre, cart. toile, fers spéciaux, tr. dor. (*Cart. de l'éditeur.*)

Première édition illustrée.

461. **La Bruyère**. Les Caractères ou les Mœurs de ce siècle, suivis du discours à l'Académie et de la traduction de Théophraste, précédés d'une introduction par Sainte-Beuve, illustrations de Penguilly, Grandville et J. David. *Paris, Morizot*, 1864, gr. in-8, demi-rel. chag. rouge, pl. toile, tr. dor.

462. **Labyrinthe** de Versailles (avec 39 fables en vers par Benserade). *Amsterdam, P. Mortier, suivant la copie à Paris, de l'Imprimerie royale, s. d.* (1679), in-8 obl., fig., v. gr.

463. **La Combe** (de). Charlet, sa vie, ses lettres, suivi d'une description raisonnée de son œuvre lithographique, orné d'un portrait de Charlet. *Paris, Paulin et Le Chevalier*, 1856, in-8, cart. Bradel, non rog. (*Manque le faux titre.*)

464. **Lacroix** (P.). Histoire politique, anecdotique et populaire de Napoléon III et de la dynastie napoléonienne. *Paris, Dufour, Mulat et Boulanger*, 1853, 4 tomes en 2 vol. gr. in-8, nomb. fig. hors texte de Philippoteaux, demi-rel. ch. noir, pl. toile. (*Mouillures.*)

Envoi autographe de l'auteur à M. Alf. d'Almbert.

465. **LACROIX** (P.) (bibliophile Jacob). Les Arts au moyen âge et à l'époque de la Renaissance. *Paris, Firmin-Didot frères*, 1871, 1 vol. — Mœurs, usages et costumes au moyen âge et à l'époque de la Renaissance. *Paris, F.-Didot frères*, 1871, 1 vol. — Vie militaire et religieuse au moyen âge et à l'époque de la Renaissance. *Paris, F.-Didot frères*, 1873, 1 vol. — Sciences et lettres au moyen âge et à l'époque de la Renaissance. *Paris, F.-Didot*, 1877, 1 vol. — Dix-septième siècle. Institutions, usages et costumes. France, 1590-1700. *Paris, F.-Didot et Cie*, 1880, 1 vol. — Dix-septième siècle. Lettres, sciences et arts. France, 1590-1700. *Paris, F.-Didot et Cie*, 1882, 1 vol. — Dix-huitième siècle. Institutions, usages et costumes. France, 1700-1789. *Paris, F.-Didot*

et Cie, 1875, 1 vol. — Dix-huitième siècle. Lettres sciences et arts. France. 1700-1789. *Paris, F.-Didot et Cie*, 1878, 1 vol. — Directoire, Consulat et Empire, mœurs et usages, lettres, sciences et arts. France, 1795-1815. *Paris, F.-Didot et Cie*, 1884, 1 vol. — Ensemble 9 vol. in-4, fig., demi-rel. chag. rouge, pl. toile, fers spéciaux, tr. dor. (*Rel. des éditeurs.*)

466. **Lacroix** (Paul). XVIIe siècle. Institutions usages et costumes. France (1590-1700). *Paris, F.-Didot et Cie*, 1880, 1 vol. — XVIIe siècle. Lettres, sciences et arts. France (1590-1700). *Paris, F. Didot et Cie*, 1882, 1 vol. — Ensemble 2 vol. in-4, avec chromolithogr. et grav. sur bois, br., couv.

467. **La Ferrière** (comte H. de). Le XVIe siècle et les Valois, d'après les documents inédits du British Museum et du Record Office. *Paris, Imprimerie nationale*, 1879, in-8, br.

468. **La Fontaine**. Œuvres complètes, ornées de 30 vignettes dessinées par Devéria et gravées par Thomson. *Paris, Sautelet et Cie*, 1826, in-8 à 2 col., mar. rouge à long grain, dos orné, fil., fers à froid, dent. int., tr. dor. (*Thouvenin.*)

Édition imprimée en caractères microscopiques

469. **La Fontaine**. Œuvres complètes, avec les notes de tous les commentateurs, et des notices historiques en tête de chaque ouvrage. *Paris, P. Dupont*, 1826, 6 vol. in-8, v. marb., dos ornés, fil., tr. marb.

470. **La Fontaine**. Fables choisies, mises en vers par J. de La Fontaine, nouvelle édition ornée de figures en taille-douce. *Lausanne, F. Lacombe*, 1792, 4 vol. in-8, br., couv. papier, non rog.

471. **La Fontaine** (J. de). Fables choisies, mises en vers par J. de La Fontaine, avec figures. *Amsterdam, J. Van Gulik*, 1802, 6 tomes en 3 vol. in-8, demi-rel. v. f. antique.

Frontispice par Vinkelès, daté de 1787 et 275 figures d'après Audry, dessinées et gravées par J. Punt, A. Delfos et Vinkelès.

472. **La Fontaine**. Contes et Nouvelles en vers, nouvelle édition enrichie de tailles-douces. *Amsterdam, H. Desbordes*, 1685, 2 tomes en 1 vol. pet. in-8, fig. à mi-page de R. de Hooge, v. br. (*Cachet à la cire sur le titre du tome Ier.*)

473. **La Fontaine**. Contes et nouvelles en vers (avec une vie de l'auteur, par Fréron). *Londres* (*Paris*), 1757, 2 vol. pet. in-12, portr. et fig., mar. bleu, dos ornés, fil., tr. dor.

474. **La Fontaine.** Contes et Nouvelles, édition illustrée, par T. Johannot, C. Roqueplan, Devéria, C. Boulanger, Fragonard père, etc. *Paris, A. Aubrée, s. d.* (1839), gr. in-8, demi-rel. v. rouge.

475. **La Fontaine.** Contes avec illustrations de Fragonard. Réimpression de l'édition de Didot, 1795, revue et augmentée d'une notice par M. Anatole de Montaiglon. *Paris, J. Lemonnyer,* 1883, 2 vol. in-4, fig., br., couv.

476. **La Fontaine.** Figures des Contes de La Fontaine, par H. Fragonard, gravées par Martial et destinées à orner l'édition Didot, 1795, en 2 vol. in-4. *Paris, P. Rouquette, s. d.*, in-fol. en feuilles dans un carton.

Épreuves à l'état d'eau-forte. avec les noms à la pointe sèche. Exemplaire auquel on a ajouté un portrait de La Fontaine, d'après Rigault. gr. par Edelinck et une suite de 3 portraits de H. Fragonard, gr. à l'eau-forte d'après Lemoine, Ad. Varlin et Le Carpentier.

477. **La Grive** (l'abbé de). Environs de Paris levés géométriquement par M. l'abbé de La Grive, dédiés à M. le marquis de Vatan, prévôt des marchands et à MM. les échevins de la ville en 1740, in-fol. max. de 9 pl. doubles, demi-rel. v. ant.

478. **La Guérinière.** École de cavalerie, contenant la connoissance, l'instruction et la conservation du cheval. *Paris, Huart et Moreau,* 1751, in-fol. front. et fig. par Parrocel, v. marb.

479. **La Guérinière** (de). École de cavalerie, contenant la connoissance, l'instruction et la conservation du cheval. *A Paris, par la Compagnie,* 1769, 2 vol. in-8, fig., v. marb.

480. **Lalaisse** (H.). L'Armée française (1875-77). Recueil de 32 planches coloriées, in-fol. en feuilles. — La Nouvelle Armée française, par A. de Moltzheim. Recueil de 32 pl. color. *Paris, Dursacq et Cie, s. d.*, in-fol. en portefeuille.

481. **Lalaisse.** Empire français, l'armée et la garde impériale. *Paris, Martinet, s. d.*, in-4 de 30 pl. color., cart. toile, fers spéciaux, tr. dor.

482. **Lamartine** (A. de). Histoire de la Restauration. *Furne, V. Lecou-Furne et Cie*, 1851-52, 8 vol. — Histoire des Girondins. *Paris, Furne,* 1858, 4 vol., nomb. portraits — Ens. 12 vol. in-8, demi-rel. chag.

483. **Lamartine** (A. de). Histoire des Girondins, édition illustrée, publiée par l'auteur. *Paris, Le Chevalier,* 1865-1866, 3 vol. in-4, demi-rel. chag. violet.

484. **Lamésangère** (Pierre de). Galerie française des femmes célèbres par leurs talents, leur rang ou leur beauté, portraits en pied, dessinés par M. Lanté, la plupart d'après des originaux inédits, gravés par M. Gatine, et coloriés avec des notices biographiques et des remarques sur les habillements (par de Lamésangère). *Paris, chez l'éditeur, impr. de Crapelet*), 1827, gr. in-4, 70 pl. color., demi-rel. chag. violet.

485. **LAMÉSANGÈRE** (Pierre de). Costumes des femmes du pays de Caux, et plusieurs autres parties de l'ancienne province de Normandie, dessinés, la plupart, par M. Lanté, gravés par M. Gatine, et coloriés, avec une explication pour chaque planche (par de Lamésangère). *Paris, chez l'éditeur* (*impr. de Crapelet*), 1827, in-4, pap. vél., 105 pl. color., en feuilles dans un carton.

486. **Lane** (E.-Will.). The Thousand and one nights, commonly called in England, the Arabian Nights' entertainments, illustrated by many hundred engravings on wood from original designs by W. Harbey. *London,* 1865, 3 vol. in-8, rel. perc. verte, fers spéciaux.

487. **Lange** (Ed.). Die Soldaten Friedrich's des Grossen, mit 31 originalbeichnungen von Adolph Menzel. *Leipsig, Avenarius et Mendelsohn,* 1853, pet. in-4, fig. color., demi-rel. chag. vert.

Très rare.

488. **Larchey** (L.). Mémorial illustré des deux sièges de Paris, 1870-1871, 320 illustrations de Bucourt, Chifflart, Darjou, G. Doré, Janet, Edm. Morin, etc. *Paris*, 1874, in-4, demi-rel. chag. r.

489. **La Rochefoucauld** (de). Réflexions ou Sentences et maximes morales, avec un examen critique, par L. Aimé-Martin. *Paris, Lefèvre* (*impr. de Crapelet*), 1822, in-8, portr., demi-rel. mar. r. à long grain, non rog. (*Ledoux*.)

Exemplaire en grand papier vélin.

490. **Lasalle** (Anth. de). Histoire et Chronique du Petit Jehan de Saintré et de la jeune Dame des Belles Cousines, sans aultre nom nommer, collationné sur les manuscrits de la Bibliothèque royale et sur les éditions du XVIe siècle. *Paris, F. Didot*, 1830, in-8, goth., br.

491. **Lasalle** (Alb. de). L'Hôtel des Haricots, maison d'arrêt de la Garde nationale de Paris, 70 dessins par Edm. Morin. *Paris, Dentu, s. d.*, in-8, demi-rel. dos et coins de chag. vert, tête dor., non rog.

492. **Las Casas** (D. Balthazar). La Découverte des Indes occidentales par les Espagnols. *Paris, A. Praiard*, 1697, in-12, front. gr. v. br.

493. **Las Cases** (Cte de). Mémorial de Sainte-Hélène, suivi de Napoléon dans l'exil, par O'Méara et Antomarchi, et de l'Historique de la translation des restes mortels de l'empereur Napoléon aux Invalides, édition illustrée par Charlet de 500 vign. dans le texte, de 29 grands sujets gr. sur bois et tirés sur chine, et de 2 cartes. *Paris, E. Bourdin*, 1842, 2 vol. gr. in-8, demi-rel. v. bl.

494. **Laurent (de l'Ardèche)**. Histoire de l'empereur Napoléon, illustrée par Horace Vernet. *Paris, J.-J. Dubochet et Cie*, 1839, gr. in-8, demi-rel. dos et coins de chag. violet, tête dor., non rog.

Première édition.

494 *bis*. Le même ouvrage, édition de 1849, demi-rel. chag.

495. **Lavater.** La Physiognomonie, ou l'Art de connaître les hommes d'après les traits de leur physionomie, leurs rapports avec les divers animaux, leurs penchans, etc., trad. nouv. par H. Bacharach, précédée d'une notice par Fertiault. *Paris*, 1841, gr. pl. (120), demi-rel. chag. violet. (*Quelques mouillures.*)

496. **Lawrence** (Th.). Engravings from the choicest work of sir Thomas Lawrence, S. R. A. *London, H. Graves et Cie*, *s. d.* in-fol., portraits (50), demi-rel. dos et coins de chag. gren., dos orné, fil., tr. dor. (*Reliure anglaise.*)

Taches de rousseur.

497. **LEBER** (C.). Collection des meilleurs dissertations, notices et traités particuliers relatifs à l'histoire de France. *Paris, Dentu*, 1838, 20 vol. in-8, cart. perc. r., non rog.

498. **Le Bon** (G.). La Civilisation des Arabes. Ouvrage illustré de 10 chromolith., 4 cartes et 366 grav., dont 70 grandes planches, d'après les photographies de l'auteur. *Paris, F.-Didot et Cie*, 1884, in-4, br.

499. **Le Breton** (Mme J.). A travers champs, Botanique pour tous, 2e édit., revue par J. Decaisne, avec 746 vignettes. *Paris, J. Rothschild*, 1884, in-8, br., n. c.

500. **Le Brun** (Ch.). La Grande Galerie de Versailles et les deux salons qui l'accompagnent, peints par Charles Le Brun, dessinés par J.-Bapt. Massé et gravés sous ses yeux

par les meilleurs maîtres du temps. *Paris, Impr. royale*, 1752, in-fol. max., pl. (52), demi-rel. bas.

Mouillures et déchirures à quelques planches. — Manque le portrait de Massé.

501. **LECHEVALLIER-CHEVIGNARD** (E.). Costumes historiques des XVIe, XVIIe et XVIIIe siècles, dessinés par Lechevallier-Chevignard, gravés par A. Didier, L. Flameng, F. Laguillermie, etc., avec un texte historique et descriptif par G. Duplessis. *Paris, A. Lévy*, 1867, 2 vol. in-4, avec 150 pl. color., cart., non rog.

Le tome 2, en feuilles, dans un carton.

502. **Le Clerc** (Séb.). Pratique de la géométrie sur le papier et sur le terrain, avec un nouvel ordre et une méthode particulière. *Paris, Th. Jolly*, 1669, in-12, fig. mar. r. à long grain, dos orné, fil. tr. dor.

Première édition de ce traité; elle est recherchée à cause des figures qui y sont de premier tirage.

503. **Le Clerc** (Séb.). Traité d'architecture avec des remarques et des observations. *Paris, P. Giffart*, 1714, 2 tomes en 1 vol. in-4, pl. (178 au lieu de 184), v. g.

504. **Leconte de Lisle**. Homère. Iliade, trad. nouvelle. *Paris, Lemerre*, 1874, 1 vol. — L'Odyssée. *Paris*, 1877, 1 vol. — Eschyle, trad. nouvelle. *Paris*, 1872, 1 vol. — Ensemble, 3 vol. in-8, demi-rel. chag. r., tête éb., non rog.

505. **Lefeuve**. Histoire de Paris, rue par rue, maison par maison. *Paris, Reinwald*, 1875, 5 vol. in-12, rel. perc. verte.

506. **Légende du Juif-Errant** (la), compositions et dessins par Gustave Doré, gravés sur bois par F. Rouget, O. Jahyer, et J. Gauchard, poème avec prologue et épilogue, par Pierre Dupont, préface et notice bibliographique par Paul Lacroix, avec la ballade de Béranger, mise en musique, par Ernest Doré. *Paris, M. Lévy frères*, 1856, gr. in-fol., pl. (12), cart. (*Cartonnage des éditeurs.*)

507. **LENOIR** (Alex.). The Lenoir Collection of original French. Portraits at Stafford House, auto-lithographed by Ronald Gower. *London, Maclure et Macdonald*, 1874, gr. in-fol. pl. (146), rel. toile r. (*Cart. des éditeurs.*)

508. **LE PAUTRE** (Anthoine), Œuvres d'architecture. *Paris, Jombert* (privilège date 1652), in-fol., pl. (60), v. gr. (*Mouillures.*)

509. **Le Pautre**. Choix de pièces d'ornement composées et gravées à l'eau-forte, par J. Le Pautre, in-4 obl., v. br.

Ce recueil comprend 7 suites : Trophées d'armes. — Vases. — Fontaines. — Alcôves. — Grottes et vues de jardins. — Vues, grottes et fontaines de jardins. — Jardins, parterres et façades de maisons. — Ensemble 57 pièces à l'adresse de Mariette, Le Blond, Langlois.

510. **L'Épine** (Ern.). La Légende de Croque-Mitaine, illustrée de 177 vignettes sur bois par Gustave Doré, 769-778. *Paris*, *Hachette et Cie*, 1863, in-4, demi-rel. v. f., non r.

Premier tirage des figures.

511. **Leroy** (L.). Les Pensionnaires du Louvre, dessins de Paul Renouard. *Paris, Rouam*, 1880, in-4, br. r., couv.

512. **Le Sage**. Histoire de Gil Blas de Santillane, nouvelle édition. *Paris*, 1771, 4 vol. in-12, fig., maroq. vert, tr. r.

513. **Le Sage**. Histoire de Gil Blas de Santillane, vignettes par Jean Gigoux. *Paris*, *Paulin*, 1835. — Le même avec Lazarille de Tormes, trad. par L. Viardot, illustré par Meissonier. *Paris, Dubochet*, *Le Chevalier et Cie*, 1846. — Le Diable boiteux, illustré par T. Johannot. *Paris*, *Bourdin et Cie*, 1840. — Ensemble 3 vol. gr. in-8, demi-rel., et cart. illustré.

514. **Lesbazeilles** (E.). Tableaux et scènes de la vie des animaux. Illustré de 20 grandes compositions dessinées sur bois, par Jos. Wolf. *Paris*, *Hachette et Cie*, 1877, in-4, rel. toile r., fers spéciaux, tr. dor.

515. **Lessore** (E.) et **W. Wyld**. Voyage pittoresque dans la Régence d'Alger, exécuté en 1833. *Paris*, *Ch. Motte*, 1835, in-fol., avec 50 pl. lithogr., demi-rel. v. r. (*Mouillures*.)

516. **Le Sueur** (Eust.). La Vie de saint Bruno, fondateur de l'ordre des Chartreux, peinte au cloître de la Chartreuse de Paris, par E. Le Sueur, gravée par Fr. Chauveau. *Paris*, *René Cousinet*, *s. d.*, in-fol., pl. (22), titre et dédicace, v. br. (*Mouillures*.)

Belles épreuves de premier tirage.

517. **Lettres** (les) et les Arts. Revue illustrée (janvier-février-mars 1886). *Paris*, *Boussod*, *Valadon et Cie*, 1886, 3 vol. in-4, avec planch. hors texte et nombr. fig. intercalées dans le texte, br., couv.

518. **Le Verrier de La Conterie.** L'École de la chasse aux chiens courants, précédée d'une bibliothèque historique et critique des théreuticographes (par Nic. et Rich. Lallemant). *Rouen*, 1763, 2 parties en 1 vol. in-8, fig. et musique gr. v. marb.

Ouvrage recherché et rare.

519. **Lewis's** Sketches and Drawings of the Alhambra, made during a residence in Granada in the years 1833-34, Drawn on Stone by J.-D. Harding, R.-J. Lane, A.-R.-A.-W. Gauci et John F. Lewis. *London, Hodgson Boys et Graves, s. d.*, in-fol. avec pl. en lithogr., demi-rel. chag. gren., pl. toile.

520. **Lewis's** Sketches of Spain et Spanish Character, made during his Tour in that Country, in the years 1833-34. Drawn on Stone from his original Sketches entirely by himself. *London, F.-G. Moon, s. d.*, in-fol. avec 25 lithogr., demi-rel. chag. gren., pl. toile.

521. **Libro** (il) di memoria di un buon Cittadino in opposizione ai principi rivoluzionari della Francia, con figure. *Napoli*, 1795-96, 2 parties en 1 vol. in-12, fig. (34), non relié.

522. **Liébert** (A.). Galerie du Luxembourg, des Musées, Palais et Châteaux royaux de France, contenant la collection des tableaux de l'École française depuis David, gravée et publiée par A. Liébert. *Paris*, 1828, in-fol., pl. (36), épreuves tirées sur chine, demi-rel. dos et coins de chag. r.

523. **Ligny** (le P. de). Histoire de la vie de Jésus-Christ, édition ornée de gravures d'après les tableaux des plus grands maîtres, sous la direction de L. Petit. *Paris, de l'imprimerie de Crapelet*, 1804, 2 vol. in-4, fig., v. marb., dos ornés, fil.

524. **Limagne** (E. de). Le Prisme, album-mosaïque, *Paris, H. Mandeville, s. d.*, in-4, fig. rel. toile, fers sépciaux, tr. dor.

525. **Lireux** (Aug.). Assemblée nationale comique, illustrée par Cham. *Paris, M. Lévy frères*, 1850, in-4, demi-rel. chag. vert.

526. **LITTRÉ** (E.). Dictionnaire de la langue française. *Paris, Hachette et Cie*, 1863-1877, 5 vol. in-4, demi-rel. v. f., dos ornés.

Le supplément est broché.

527. **LIVRES A FIGURES SUR BOIS DU XIVe SIÈCLE.** Lot de 10 volumes in-folio, en allemand, complets et dépareillés avec nombreuses figures de Hans Schaufelein, Burgmeyer, Jost Amman, etc.

528. **Livre d'amour,** ou Folastreries du vieux temps. *Paris, L. Janet (imprim. de F. Didot), s. d.* (1821), in-12, pap. vélin, fig. color., v. vert, dos orné, fil. et milieux sur les plats, tr. dor.

Recueil de poésies des XIe-XVe siècles, fait par C. Malo.

529. **Le Livre de Ruth,** trad. de la Bible, par Le Maistre de Sacy, enrichi de 9 grandes compositions, de 4 têtes de chapitre et de 3 culs-de-lampe, gravés à l'eau-forte d'après dessins originaux de Bida, par Boilvin, L. Flameng, Hedouin, etc. *Paris, Hachette et Cie*, 1876, gr. in-fol., pap. vél. en feuilles dans un carton.

530. **Lodge** (Edm.). Portraits of illustrious personnages of Great Britain, with biographical and historical memoirs of their lives and actions. *London, G. Bohn,* 1849-1850, 8 vol. in-12, nombr. portraits, cart. toile verte, non rog.

531. **London** and its Environs, engraved by John Woods, from original drawings by Shepherd, Garland, Salmon, etc., edited by W. Gray Fearnside, and in continuation by Thomas Harral. *London, s. d.*, 2 tomes en 1 vol. in-4, fig., rel. toile verte, tr. dor.

532. **LONDON.** A Pilgrimage by Gustave Doré and Blanchard Jerrold. *London, Grant et C*, 1872, in-fol. avec 180 illustrations de G. Doré, rel. toile, fers spéciaux. (*Rel. de l'éditeur.*)

Exemplaire avec envoi autographe de G. Doré à M. Marcelin.

533. **London.** Metropolitan improvements; or London, in the nineteenth century: being a series of views, of the new and most interesting objects, in the British Metropolis et Its Vicinity, from original drawings by Th. H. Shepherd, with historical, topographical et critical illustrations, by James Elmes. *London, Jones et Co*, 1827, 2 vol. in-4, fig. demi-rel. v. br., non rog. (*Mouillures au tome Ier.*)

534. **Longi Pastoralia,** graece (ex recens. D. Coray). *Parisiis, P. Didot, an XI* (1802), gr. in-4, fig., demi-rel. dos et coins de chag. r., tête dor., non rog.

Belle édition, ornée de 9 gravures d'après Gérard et Prud'hon.

535. **Louvet de Couvray.** Les Amours du chevalier de Faublas, par J.-B. Louvet, troisième édition, revue par l'auteur.

Se vend à Paris, chez l'auteur, et chez les marchands de nouveautés, an VI de la République (1798), 4 tomes en 2 vol. in-8, fig., demi-rel. bas.

27 fig. par Demarne, Dutertre, Mlle Gérard, Marillier, Monsiau et Monnet, gr. par Baquoy, Choffard, Delvaux, Lemire, Patas, Saint-Aubin, Trière, etc.

Déchirure aux pages 235 à 244 dans le fond de la marge du tome 1er, quelques mots du texte enlevés.

536. **Louvet de Couvray**. Les Aventures du chevalier de Faublas, édition illustrée de 300 dessins, par Baron, Français et C. Nanteuil, précédée d'une notice sur l'auteur par V. Philipon de la Madeleine. *Paris, J. Mallet et Cie*, 1842, 2 vol. gr. in-8, demi-rel. v. vert, dos ornés.

537. **Loyal serviteur** (le). Histoire du gentil seigneur de Bayard, édition rapprochée du français moderne, avec une introduction, des notes et des éclaircissements par Lorédan Larchey, ouvrage contenant 8 pl., 3 titres et une carte en chromolith., un portr. en photogravure, 34 grandes compositions et portraits tirés en noir et 187 grav. interc. dans le texte, in-4, demi-rel. chag. r. pl. toile, fers spéciaux, tr. d'or.

538. **Lucas** (H.). Histoire naturelle des lépidoptères, ou papillons d'Europe et étrangers. Ouvrage orné de 160 planches, contenant un grand nombre des plus belles espèces de papillons, peints d'après nature par Noël et Pauquet. *Paris, Pauquet*, 1834-1835, 2 vol. in-8, pl. color., demi-rel. chag. bl.

539. **Lurine** (L.) et **Alp. Brot**. Les Couvents, illustrés par T. Johannot, Baron, Français et C. Nanteuil. *Paris, J. Mallet et Cie*, 1846, gr. in-8, demi-rel. chag. vert.

540. **Madelaine** (Stéphen de La) et **J.-L. Belin**. L'Arc de triomphe dédié aux illustrations des armées françaises, contenant les notices biographiques de tous les guerriers dont les noms sont sur le monument de l'Étoile, portraits dess. et lithogr. par Llanta et Maurin. *Paris*, 1842-1847, 2 vol. gr. in-8, portraits (47) tirés sur Chine.

541. **Madou**. Physionomie de la Société en Europe, depuis le XIVe siècle jusqu'à nos jours, 14 tableaux par Madou. *Bruxelles et Paris, Aubert, s. d.*, in-fol. obl., fig. tirées sur Chine, demi-rel. toile, non rog.

542. **Madou**. Scènes de la vie des peintres de l'école flamande et hollandaise, dessinées par Madou. *Bruxelles*, 1842, gr. in-fol. avec 70 pl. lithog. sur pap. de Chine, avec notices, demi-rel. toile, non rog.

543. **Magasin pittoresque** (le), publié sous la direction de MM. Euryale Cazeaux et Édouard Charton (de l'origine 1833 à 1885, plus la table alphabétique des quarante premières années 1833 à 1872). — Ensemble 54 vol. in-4, cart., rel. et br.

544. **MAGNE** (L.). L'Œuvre des peintres verriers français. Verrières des monuments élevés par les Montmorency. Montmorency, Ecouen, Chantilly. *Paris, F.-Didot et Cie*, 1885, pet. in-fol. contenant 122 pl. en typogravure avec un album de 8 grandes planches in-fol. en photogravure, br. et en carton.

545. **Maherault** (J.) et **E. Bocher**. L'Œuvre de Gavarni, lithographies originales et essais d'eau-forte et de procédés nouveaux. Catalogue raisonné, orné d'un portrait inédit de Gavarni dessiné par lui-même et de deux lithographies et une eau-forte de cet artiste, également inédites. *Paris, Librairie des bibliophiles*, 1873, gr. in-8, pap. vélin, demi-rel. dos et coins de mar. La Vall., dos orné, fil., tête dor., non rog. (*Dupré.*)

Tirage à 300 exemplaires.

Envoi et lettre autographes de M. Émile Bocher; on y a ajouté une lettre autographe de Gavarni. Couronne de comte et initiales sur le dos du volume.

546. **Maindron** (E.). Les Affiches illustrées, ouvrage orné de 20 chromolithographies par J. Chéret et de nomb. reproductions en noir et en couleur d'après les documents originaux. *Paris, H. Launette et Cie*, 1886, gr. in-8, br., illust.

Envoi autographe de l'auteur.

547. **Maison de Bourbon**. Rois, reines et princes de la maison de Bourbon, depuis Henri IV jusqu'à nos jours. Galerie de portraits, *Paris, A.-F.-Didot*, 1829, album gr. in-8 de 32 portraits, demi-rel. chag. violet.

548. **Malherbe**. Les Poésies de M. de Malherbe, avec les observations de M. Ménage (dédié à Colbert). *Paris, L. Billaine*, 1666, in-8, v. br.

Edition recherchée dans laquelle on trouve le discours d'Ant. Godeau sur les œuvres de Malherbe.

549. **Mallet** (Allain Manesson). Les Travaux de Mars, ou l'Art de la guerre... Ouvrage enrichi de plus de 400 planches gravées en taille-douce. *Paris, D. Thierry*, 1685, 3 vol. gr. in-8, v. gr.

550. **Manzoni**. Les Fiancés, histoire milanaise du XVIe siècle, trad. nouvelle par le Mis de Montgrand, nouvelles illustrations de Staal. *Paris, Garnier frères*, 1877, gr. in-8, br., couv.

551. **MARBOT** (Alfred de). **COSTUMES MILITAIRES FRANÇAIS,** depuis l'organisation des premières troupes régulières en 1439 jusqu'en 1815, dessins et texte par D. de Noirmont et Alf. de Marbot. *Paris, Clément, s. d.,* 3 vol. in-fol., contenant 462 pl. color., demi-rel. dos et coins de mar. vert, tête dor., non rog., texte et pl. mont. sur onglets.

552. **Marcelin** (Album de). Premiers dessins. A Paris. A la campagne. Aux bains de mer. Aux eaux. Courses et chasses. Un certain monde. Fantaisies militaires. Fantaisies historiques. *Paris,* 1868, gr. in-4, cart. toile r., fers spéciaux, tr. dor.

553. **Marchand** (J.-B.), jésuite. Éloges et discours sur la triomphante réception du roy en sa ville de Paris, après la réduction de la Rochelle, accompagnez de figures, tant arcs de triomphe que des autres préparatifs. *Paris, P. Rocolet,* 1629, in-fol., fig. d'Abr. Bosse, Melch. Tavernier et P. Firens, v. marb. (*Mouillures.*)

554. **Marco de Saint-Hilaire** (E.). Histoire anecdotique, politique et militaire de la Garde Impériale, illustrée par H. Bellangé, E. Lamy, de Moraine, Ch. Vernier. Musique des marches et fanfares de la Garde, transcrite par Alex. Goria. *Paris, Penaud et Cie*, 1847, gr. in-8, nomb. vign. sur bois dans le texte, grav. sur bois et sur acier et costumes color. hors texte, cart. toile, tr. dor. (*Cart. de l'éditeur.*)

Première édition.

555. **Marie-Antoinette.** Correspondance secrète entre Marie-Thérèse et le comte de Mercy-Argenteau, pub. avec des notes par le chevalier Alf. d'Arneth et A. Geffroy. *Paris, Firmin-Didot et Cie*, 1874, 3 vol. — Marie-Antoinette et le Procès du collier, par Em. Campardon. *Paris, Plon,* 1863, 1 vol. — Correspondance secrète inédite, sur Louis XVI, Marie-Antoinette, la cour et la ville de 1777 à 1792, par M. de Lescure. *Paris, Plon,* 1866, 2 vol. — Ensemble, 6 vol. in-8, br.

556. **Marot** (Jean). Recueil des plans, profils et élévations de plusieurs palais, chasteaux, églises, sépultures, grotes et hostels bâtis dans Paris et aux environs, mesurés et gravez par J. Marot. *S. l. n. d.* Recueil de 104 pl. y compris le titre gr., en vol. in-4, v. f. ant.

557. **Marsigli** (comte de). L'Etat militaire de l'Empire ottoman, ses progrès et sa décadence, en français et en italien. *La Haye,* 1732, 2 part. en 1 vol. in-fol. fig., v. marb.

558. **Martial** (A.-P.). Lettres illustrées sur les artistes et les œuvres modernes. Salon de 1865-1866. *Paris, Cadart*, 1865-66, 2 vol. in-fol. contenant 40 eaux-fortes par A.-P. Martial, tirées sur pap. de Chine, demi-rel. dos et coins de chag. r., pl. toile. (*Rel. de l'éditeur.*)

559. **Martin** (H.). Histoire de France populaire, depuis les temps les plus reculés jusqu'à nos jours (Tomes IV à VII, fin). *Paris, Furne et Cie*, 4 vol. in-4, nomb. fig. dans le texte, br., neufs.

560. **Mary Lafon**. Rome ancienne et moderne, depuis sa fondation jusqu'à nos jours. *Paris, Furne*, 1852, 1 vol., vue plan et grav. sur acier. — Les Aventures du chevalier Jaufre et de Belle Brunissende, illust. de 20 grav., dess. par G. Doré. *Paris, Librairie nouvelle*, 1856. — Ensemble 2 vol. gr. in-8, bas. pleine et cart. toile, tr. dor.

561. **Massa** (marquis Philippe de). A la bonne flanquette, revue intime en un acte et un prologue. *Paris, Jouaust*, 1885, in-12, br.

Edition originale avec la couverture et avec envoi et lettre autographes de l'auteur à M. Marcelin.
Tiré à 50 exemplaires sur papier vergé, nº 27.

562. **Massillon**. Petit Carême. *Paris, de l'imprimerie de P. Didot l'aîné*, 1812, in-12, v. f., dos orné, fil., dent. int., tr. dor. (*Vve Niedrée.*)

Exemplaire sur papier fin.

563. **Maurepas**. Recueil de pièces libres, chansons, épigrammes et autres vers satiriques sur divers personnages de Louis XIV et Louis XV. *Leyde*, 1865, 6 vol. pet. in-12, pap. de Holl., br.

Tiré à 116 exemplaires.

564. **Maurin** (N.). Jocelyn, huit sujets composés et lithographiés par N. Maurin, tirés du poème de ce nom par A. de Lamartine. *Paris, Jeannin, s. d.*, gr. in-fol. demi-rel. dos et coins de chag. vert, fil.

Exemplaire avec envoi autographe de Lamartine à M. Ragon.

565. **Maynard** (l'abbé U.). La Sainte-Vierge, ouvrage illustré de 14 chromolith., 3 photograv. et 200 grav. par dont 24 hors texte. *Paris, Firmin-Didot et Cie*, 1877, in-4, Huyot, demi-rel. chag. r., pl. toile, tr. dor. (*Rel. des éditeurs.*)

566. **Médecine** pittoresque, musée médico-chirurgical, recueil complet de planches gravées sur acier, avec un texte explicatif. *Paris*, 1834-37, 4 tomes en 2 vol. in-4, à 2 col., pl. color. (94), demi-rel. chag. bl.

567. **Meilhac** (H.) et **L. Halévy**. Froufrou, comédie en cinq actes, *Paris, M. Lévy frères*, 1870, in-8, cart. toile r.

Edition originale avec envoi autographe des auteurs à M. Marcelin.

568. **Meilhac** (H.) et **Lud. Halévy**. La Boule, comédie en quatre actes. *Paris, M. Lévy frères*, 1875, in-12, cart. perc. verte, non rog. (*Pierson.*)

Edition originale, avec envoi autographe des auteurs à M. Marcelin.

569. **Meilhac** (H.) et **Lud. Halévy**. La Cigale, comédie en trois actes, *Paris, Calmann Lévy*, 1877, in-12, br.

Edition originale avec la couverture, et avec envoi autographe des auteurs à M. Marcelin.

570. **Mémoires** et journal inédit du marquis **D'ARGENSON**, publiés et annotés par M. le marquis d'Argenson. *Paris, P. Jannet*, 1857-58, 5 vol. in-12, br. (tome III, cart. perc. r., non rog.).

571. **Mémoires**, lettres et pièces authentiques, touchant la vie et la mort de Charles-Ferdinand d'Artois, fils de France, duc **DE BERRY**, par le Vte de Chateaubriand. *Paris, Le Normant*, 1820, in-8, demi-rel. v. f.

572. **Mémoires** de **M. DE BOURRIENNE**, sur **NAPOLÉON** le Directoire, le Consulat, et l'Empire et la Restauration. *Paris, Ladvocat*, 1829, 10 vol. in-8, demi-rel. bas. f. (*Mouillures.*)

573. **Mémoires d'outre-tombe**, par le vicomte **DE CHATEAUBRIAND**. *Paris, Penaud frères*, 1850, 11 vol. in-8, demi-rel. chag. vert.

574. **Mémoires d'une CONTEMPORAINE**, ou Souvenirs d'une femme sur les principaux personnages de la République, du Consulat, de l'Empire, etc. *Paris, Ladvocat*, 1828, 8 vol. in-8, portr., demi-rel. bas. gren.

575. **Mémoires de CONSTANT**, premier valet de chambre de l'Empereur, sur la vie privée de Napoléon, sa famille et sa cour, *Paris*, *Ladvocat*, 1830, 6 vol. in-8, demi-rel. v. br.

576. **Dangeau** (Mis de). Journal de 1684 à 1720, publié en entier, pour la première fois, par MM. E. Soulié, L. Dussieux et de Chennevières, avec les additions inédites du duc de Saint-Simon, pub. par Feuillet de Conches. *Paris, F. Didot et Cie*, 1860, 19 vol. in-8, br.

577. **Mémoires** et Correspondance politique et militaire du prince **EUGÈNE,** publ., annotés et mis en ordre, par A. Du Casse. *Paris, M. Lévy frères,* 1858-1860, 10 vol. in-8, br.

578. **Mémoires de FLEURY,** de la Comédie-Française (1757 à 1820). *Paris, A. Dupont,* 1836-38, 6 vol. in-8, portr., demi-rel. chag. noir.

579. **Mémoires** inédits, sur le XVIIIe siècle et la Révolution française, depuis 1756 jusqu'à nos jours, par **Mme DE GENLIS.** *Paris, Ladvocat,* 1825, 10 vol. in-8, portr., demi-rel. v. f., non rog.

580. **Mémoires de M. GISQUET,** ancien préfet de police, écrits par lui-même. *Paris, Marchant,* 1840, 4 vol. in-8. cart. perc. bl., non rog. (*Pierson.*)

Mouillures.

581. **Mémoires** pour servir à l'histoire de mon temps, par **M. GUIZOT.** *Paris, M. Lévy frères,* 1858-1867, 8 vol. in-8, demi-rel. v. f.

582. **Mémoires** historiques et secrets de l'impératrice **JOSÉPHINE,** ouvrage orné de gravures, portrait et fac-similé, par Mlle A. Le Normand. *Paris,* 1827, 3 vol. in-8, demi-rel. bas. verte.

583. **Mémoires du maréchal MARMONT, duc de RAGUSE,** de 1792 à 1841, imprimés sur le ms. original de l'auteur, avec le portrait du duc de Reichstadt, du duc de Raguse, et 4 fac-similé de Charles X, du duc d'Angoulême, de l'empereur Nicolas et du duc de Raguse. *Paris, Perrotin,* 1857, 9 vol. in-8, demi-rel. chag. r., pl. toile. (*Déchirure à la page 285, du tome IV.*)

584. **Mémoires du comte DE MAUREPAS,** ministre de la marine, etc., avec onze caricatures du temps, gravées en taille-douce. *Paris, Buisson,* 1792, 4 vol. in-8, demi-rel. v. f.

585. **Mémoires de Céleste MOGADOR.** *Paris, Librairie nouvelle,* 1858, 4 vol. in-12, cart. perc. bleue, non rog. (*Pierson.*)

586. **Mémoires** d'un ministre du Trésor public, 1780-1815 **(F.-N. MOLLIEN).** *Paris, impr. de Fournier,* 1845, 4 vol. in-8, demi-rel. dos et coins de chag. bl., dos ornés, fil., tête dor., non rog.

Ces *Mémoires* n'ont pas été mis dans le commerce. — Rare.

587. **Mémoires du duc DE MONTPENSIER** (Antoine-Philippe d'Orléans), prince du sang. *Paris, Imprimerie royale*, 1837, pet. in-4, portr. de l'auteur, d'après un fac-similé, dessiné par lui-même et gr. par Dupont, v. bl., dos orné, fil., tr. dor.

588. **Mémoires de Philippe DE MORNAY**. *Imprimé à la Forest, par Jean Bureau*, 1624-25, 2 vol. in-4, vélin.

589. **Mémoires de Mme DE MORNAY**, édition revue sur les ms. publ. avec les variantes et accompagnée de lettres inédites de M. et de Mme du Plessis-Mornay et de leurs enfants, par Mme de Witt. *Paris, Vve J. Renouard*, 1868-69, 2 vol. in-8, br.

590. **Mémoires** sur le règne de **NAPOLÉON III** (1851-1864), publ. par le comte H. de Viel-Castel d'après le manuscrit original, avec une préface par L. Léouzon le Duc. *Paris*, 1883-84, 6 vol. pet. in-8, br.

591. **Mémoires de Mme DE RÉMUSAT**, 1802-1808, publiés par son petit-fils Paul de Rémusat. *Paris, Calmann Lévy*, 1885, 3 vol. in-8, br.

592. **Collection** des mémoires relatifs à la **RÉVOLUTION FRANÇAISE**, par MM. Berville et Barrière. *Paris, Baudouin frères*, 1820-1825, 48 vol. in-8, br.

593. **Mémoires du duc DE ROVIGO**, pour servir à l'histoire de l'empereur **NAPOLÉON**. *Paris, Bossange*, 1828, 2 vol. in-8, demi-rel. v., br.

594. **Histoire** et Mémoires par le général comte **DE SÉGUR**. *Paris, F.-Didot et Cie*, 1873, 8 vol. in-8, br.

595. **Mémoires du duc de SULLY**. *Paris, Ledoux*, 1822, 6 vol. in-8, portr., v. gr.

596. **Mémoires du comte Alex. DE TILLY**, pour servir à l'histoire des mœurs de la fin du XVIIIe siècle. *Paris*, 1828, 3 vol. in-8, br.

597. **Mémoires.** Environ 100 vol. in-8 et in-12, reliés et brochés.

Ce numéro sera divisé.

598. **Ménard** (R.). La Mythologie dans l'art ancien et moderne, suivie d'un appendice sur les origines de la mythologie par Eug. Véron, ouvrage orné de 823 gravures dont 32 tirées hors texte. *Paris, Delagrave*, 1878, gr. in-8, br.

599. **Menzel** (Ad.). Aus König Friedrich's Zeit. Kriegsund Friedens-Helden, gezeichnet von Adolph Menzel in holz geschnitten von Eduard Kretzschmar, herausgegeben und mit biographischen notizen begleitet von Alex. Duncker. *Berlin, A. Duncker*, 1856, in-fol., pl. (12), tirées sur Chine, cart. (*Cartonnage de l'éditeur.*)

600. **Menzel** (Ad.). Illustrations des œuvres de Frédéric le Grand, par Adolphe Menzel, préface et notice par L. Gonse, texte explicatif, par L. Pietsch, gravures sur bois, par O. et A. Vogel Fr. Unzelmann et H. Müller. *Paris, Fetscherin et Chuit*, 1882, 2 vol. in-4, fig. tirées sur Chine, cart. perc., fers spéciaux, non rog.

601. **Mercier**. Tableau de Paris, nouvelle édition, corrigée et augmentée. *Amsterdam*, 1782-1788, 12 vol. in-8, bas. marb.

602. **MERCIER** (L.-Séb.). Tableau de Paris, ou Explication de différentes figures gravées à l'eau-forte, pour servir aux différentes éditions du Tableau de Paris, par M. Mercier. *Yverdon*, 1787, in-8, fig., cart.

Un frontispice et 95 figures à l'eau-forte, dessinées et gravées par Dunker.

Manque 1 figure.

603. **MERCURI**. Costumes des XIIIe, XIVe et XVe siècles, extraits des monumens les plus authentiques de peinture et de sculpture (dessinés et gravés par Paul Mercuri), avec un texte historique et descriptif, par Camille Bonnard. Première édition française. *Paris, Treuttel et Würtz*, 1829-1830, 2 vol. in-4, avec 200 pl. color., demi-rel. dos et coins de chag. La Vall., pl. toile, tête dor. non rog.

604. **Mérimée** (P.). 1572. Chronique du temps de Charles IX *Paris, Mesnier*, 1829, in-8, demi-rel. bas.

Édition originale.

605. **Merlin** (R.). Origine des cartes à jouer, recherches nouvelles sur les Naïbis, les Tarots et sur les autres espèces de cartes, ouvrage accompagné d'un album de 74 planches offrant plus de 600 sujets. *Paris, chez l'auteur*, 1869, in-4, cart., éb. (*Cart. de l'éditeur.*)

606. **Metezeau** (J.). Les CL Psaumes de David, mis en vers françois et rapportez verset pour verset selon la vraye traduction latine, par Jean Metezeau. *Paris, Rob. Fouet*, in-8, 1616, titre gr., portraits et fig. de Léonard Gaultier, rel. vélin, dos orné, large dent. à petits fers sur les plats, tr. dor.

Belle reliure ancienne aux armes de Glucq de Saint-Port.

607. **Michaelis** (R. P. F. Sébast.). Histoire admirable de la possession et conversion d'une pénitente, séduite par un magicien, la faisant sorcière et princesse des sorciers au pays de Prouence... ensemble la pneumalogie, ou discours des esprits du susdit F. Michaelis. *Jouxte l'exemplaire imprimé à Paris, chez Ch. Chastelain*, 1614, 2 parties en 1 vol. in-8, v. gr.

608. **Michaud.** Histoire des Croisades, 6e édit., précédée d'une vie de Michaud par Poujoulat. *Paris, Furne et Cie*, 1841, 6 vol. in-8, portr., fig. et cartes, demi-rel. v. f.

609. **Michel-Ange Buonarotti.** Le Jugement universel, peint par Michel-Ange dans la chapelle Sixtine à Rome. *Paris*, 1808, in-fol. de 17 pl. gr. au trait par Th. Piroli, demi-rel. chag., pl. toile.

610. **Michel-Ange** (l'Œuvre et la vie de), dessinateur, sculpteur, peintre, architecte et poète, par MM. Ch. Blanc, Eug. Guillaume, P. Mantz, Ch. Garnier, L. Gonse, etc. *Paris, Gazette des beaux-arts*, 1876, gr. in-8, pap. vél. teinté, fig., br., couv.

611. **Michelant** (L.). Faits mémorables de l'histoire de France, illustrés de 120 tableaux de Victor Adam, gravés par les premiers artistes de Paris. *Paris, Didier-Aubert et Cie*, 1844, gr. in-8, demi-rel. chag. violet.

Première édition.

612. **Michelet** (J.). Œuvres. *Paris, Hachette, Chamerot, A. Lacroix et Cie, M. Lévy frères*, 1860-1875, 8 vol. in-12, demi-rel. chag. bl., tr. peig.

L'Insecte. — La Femme. — L'Amour. — L'Oiseau. — Bible de l'humanité. — La Sorcière. — La Montagne. — Le Prêtre, la Femme et la Famille.

613. **MICHELET** (J.). Histoire de France. *Paris, Hachette et Chamerot*, 1852-1867, 17 vol. — Histoire de la Révolution française. *Paris, Chamerot*, 1847-1853, 7 vol. — Ens. 24 vol. in-8, demi-rel. chag. vert.

614. **Michelet** (J.). Histoire du XIXe siècle. *Paris, M. Lévy frères*, 1875, 3 vol. in-8, demi-rel. chag. gren., éb.

Directoire. — Origine des Bonaparte. — Jusqu'au 18 brumaire. — Jusqu'à Waterloo.

615. **Michiels** (Alfr.). Van Dyck et ses élèves, avec 8 eaux-fortes du maître, reproduites en fac-similé par l'héliogravure, et 16 autres gravures, dont 12 hors texte. *Paris, Renouard*, 1882, gr. in-8, br., couv.

616. **Michon** (J.-H.). Statistique monumentale de la Charente, dessins et plan, par Zadig Rivaud, J. Geynet, de Lafargue Tauzia, P. Abadie et Ed. Fabvre. *Paris, Derache*, 1844, in-4, fig., rel. plein chag. noir, tr. dor.

Exemplaire auquel on a ajouté deux lettres autographes de l'auteur.

617. **Millaud** (Alb.). La Comédie du jour sous la République athénienne. Illustrations par Caran d'Ache. (*Paris, Plon*), gr. in-8, demi-rel. dos et coins de chag. vert, dos orné, fil., tête dor., non rog.

618. **Les Mille et une Nuits**. Contes arabes, suivis de nouveaux contes de Caylus et de l'abbé Blanchet, avec une préface historique par J. Janin. *Paris, Pourrat frères*, 1838, 4 vol. in-8, titre gravé et titre imprimé, fig. tirées sur Chine, demi-rel. chag. gren.

619. **Les Mille et une Nuits**. Contes arabes, édition illustrée par les meilleurs artistes français et étrangers, revue et corrigée sur l'édition princeps de 1704, augmentée d'une dissertation sur les Mille et une Nuits par le baron Silvestre de Sacy. *Paris, E. Bourdin et Cie, s. d.* (1840), 3 vol. gr. in-8, demi-rel. chag. bl.

620. **Mille et un Jours** (les). Contes persans, turcs et chinois, traduits par Petit de La Croix, Cardonne, Caylus, etc., augmentés de nouveaux contes, trad. de l'arabe par Sainte-Croix Ajpot, édition illustrée de nomb. vign. dans le texte. *Paris, Pourrat frères, s. d.*, gr. in-8, demi-rel. bas. verte.

621. **Mille et un Jours** (les). Contes persans, turcs et chinois, traduits par Petit de La Croix, Cardonne, Caylus, etc., augmentés de nouveaux contes, trad. de l'arabe par Sainte-Croix Ajpot, édition illustrée. *Paris, Pourrat frères*, 1844, gr. in-8, demi-rel. chag. La Vall.

622. **Millingen** (James). Ancient unedited monuments principally of grecian art illustrated and explained. *London*, 1822-26, 2 tomes en 1 vol. in-4, fig., pap. vél. demi-rel. v. vert.

Première partie : Painted greck vases, from collections in various countries, principally in Great Britain, avec 42 pl. — Deuxième partie : Statues, bustes, bas-reliefs, avec 20 pl.

623. **Millot** (l'abbé). Tableaux de l'histoire romaine ; ouvrage posthume, abrégé de Millot, par lui-même, orné de 48 fig. par Bolomey, Eisen, Gravelot et Gab. de Saint-Aubin. *Paris, imp. de Gay et Gide*, 1796, in-fol. cart.

624. **MODES.** Cabinet des modes, ou les Modes nouvelles, 15 novembre 1785-1er novembre 1786. *Paris*, *Buisson*, 1785, in-8, 70 pl. en noir et color., demi-rel. perc. r.

Très rare.

625. **Modes.** Journal fur fabrit, manufattur, handlung und Mode. *Leipzig*, 1793, in-8, 48 pl. en noir et color., cart.

626. **Modes.** Journal des dames et des modes. *Francfort-sur-le-Mein*, 1800 à 1815, 5 vol. in-8, contenant 90 pl. color., cart.

Du 3 mars au 10 mai 1800. — Du 1er juillet au 23 décembre 1805. — Du 1er janvier au 24 juin 1810. — Du 1er janvier au 25 juin 1815.

627. **Modes.** Journal des dames et des modes du 31 mars au 31 décembre 1812, in-8, 63 pl. color.

628. **Modes.** Journal des dames et des modes du 5 juin au 31 décembre 1820, — du 5 janvier au 25 décembre 1825, — du 5 janvier au 31 décembre 1829, — du 5 janvier au 30 juin 1830. — Ensemble, 4 vol. in-8 contenant 266 pl. color., cart. et rel.

629. **Modes.** Petit Courrier des dames. 10 avril 1828 au 30 avril 1829, 2 vol. in-8, 104 pl. color., cart.

630. **Modes.** La Mode, revue des modes, galerie de mœurs, Album des salons 1829-1834, 5 vol. gr. in-8 contenant 179 pl. en noir et color., cart. et rel.

631. **Modes.** Almanach des modes. *Paris*, *Rosa*, 1815 et 1822, 2 vol. — Le Petit Modiste français. *Paris*, *Le Fuel*, 1819, 1 vol. — Ensemble 3 vol. in-16 fig. color., rel. et br.

632. **Modes.** La Sylphide, modes, littérature, beaux-arts (1842 à 1846). *Paris, aux bureaux de la Sylphide*, 1842-46, 5 années en 10 vol. in-4, fig. en noir et color., cart.

633. **Modes** et costumes historiques, dessinés et gravés par Pauquet frères d'après les meilleurs maîtres de chaque époque et les documents les plus authentiques. *Paris*, *Pauquet frères*, *s. d.*, in-4 de 96 pl. color., demi-rel. chag. vert, pl. toile, fers spéciaux.

634. **Modius** (Franciscus) Cleri totius romanae ecclesiae subiecti, seu Pontificiorum ordinum omnium omnino utriusque sexus, habitus, artificiosissimis figuris, quibus F. Modii singula octosticha adiecta sunt nunc primum. *Francforti*, *Sigismundi*, *Feyrabendii*, 1585, in-4, fig. sur bois, v. f. dos orné, fil.

635. **Mois gastronomiques** (les). Compositions de Edm. Morin, avec douze rondeaux de Ch. Monselet. *Paris, Société anonyme de publications périodiques,* in-fol. rel. perc., fers spéciaux, tr. dor.

636. **MOLIÈRE.** Les Œuvres de M. de Molière, reveues, corrigées et augmentées, enrichies de figures en taille-douce. *Paris, D. Thierry, Cl. Barbin,* 1682, 8 vol. in-12, fig. veau.

Reliure déparcillée.

637. **Molière.** Les Œuvres de M. de Molière, reveues, corrigées et augmentées, enrichies de figures en taille-douce. *Paris, D. Thierry, Cl. Barbin,* 1697, 8 vol. in-12, fig. v. marb.

638. **MOLIÈRE.** Œuvres de Molière, nouvelle édition. *Paris,* 1734, 6 vol. in-4, fig., v. gr.

Un portrait par Coypel, gravé par Lépicié, 1 fleuron sur le titre, qui sert pour chaque volume. 33 figures par Boucher, gravées par Laurent Cars, et 198 vignettes et culs-de-lampe, dont plusieurs se répètent, par Boucher, Blondel et Oppenord, gravés par Joullain et Laurent Cars.

Exemplaire du premier tirage.

Un feuillet taché au tome II et légères piqûres de vers aux tomes III et IV.

639. **Molière.** Œuvres, nouvelle édition. *Paris, Saugrain,* 1739, 8 vol. in-12, fig. maroq. gren., tr. r.

640. **Molière.** Œuvres, nouvelle édition. *Amsterdam et Leipzig, Arkstée et Merkus,* 1750, 4 vol. pet. in-12, fig. v. marb.

Un portrait d'après Mignard, un frontispice, un fleuron répété sur les titres et 32 fig. dess. et gr. par Punt, d'après Boucher.

641. **Molière.** Œuvres, avec des remarques grammaticales, des avertissements et des observations sur chaque pièce, par M. Bret. *Paris, par la Compagnie des libraires associés, An XIII,* 1804, 5 vol. in-8, portr. et fig. de Moreau, v. gr. dos ornés, fil., tr. dor.

642. **Molière.** Œuvres, avec un commentaire, et un discours préliminaire, et une vie de Molière, par Auger. *Paris, Desoer,* 1819-1825, 6 vol. in-8, portr. d'après Fragonard, gr. par F. Lignon et fig. d'après Horace Vernet, demi-rel. v. vert.

643. **Molière.** Œuvres, précédées d'une notice sur sa vie et ses ouvrages par Sainte-Beuve, Vignettes par Tony Johannot. *Paris, Paulin,* 1835-36, 2 vol. gr. in-8, demi-rel. v. br.

Premier tirage des figures.

644. **Molière.** Œuvres, nouvelle édition revue sur les plus anciennes impressions, et augmentée des variantes, de no-

tices, de notes, d'un lexique des mots et locutions remarquables, par Eug. Despois et Paul Mesnard. *Paris*, *Hachette et C*[ie], 1873-1886, 9 vol. in-8, br.

De la collection des Grands Écrivains de la France.

645. **Monde illustré** (le). 1870-1871, 4 vol. in-fol. fig. demi-rel. chag. vert, dos ornés, fil.

646. **Monnier** (H.). Scènes populaires, dessinées à la plume, *Paris*, *Dentu*, 1864, in-8, cart. toile, tête dor., non rog. (*Cart. de l'éditeur.*)

647. **Montaigne**. Essais de Michel seigneur de Montaigne, donnez sur les éditions les plus anciennes et les plus correctes... avec des notes et une table générale des matières, par Pierre Coste, nouv. édition plus ample et plus correcte que les dernières de Londres et de Paris. *La Haye*, *Gosse et Neaulme*, 1727, 5 vol. in-12, portr. maroq. gren.

648. **Montaut** (H. de). Voyage au Pays enchanté. — Cannes, Nice, Monaco, Menton, préface par A. Houssaye. *Paris*, *Dentu*, 1880, in-4, nomb. fig. dans le texte, et eaux-fortes hors texte, r., fers spéciaux, tr. dor.

649. **Monteil** (A.-Alexis). Histoire des Français des divers états aux cinq derniers siècles. *Paris*, *Coquebert*, 1840, 8 vol. in-8, v. racine, dos ornés, fil. tr. marb.

Exemplaire auquel on a ajouté une lettre autographe de l'auteur.

650. **Montesquieu**. Texte gravé du Temple de Gnide pour l'édition de *Paris*, 1772, in-8, demi-rel. v. ant.

651. **Montesquieu**. Le Temple de Gnide. *Paris*, *Didot jeune*, *An III* (1774), gr. in-8, pap. vél. fig. v. rac. dos orné, fil., tr. dor.

Un frontispice renfermant le portrait de Montesquieu en médaillon, 9 figures d'Eisen, plus 2 fig. gr. par Lemire et Thomas pour *Arsace et Isménie*.

652. **Montesquieu**. Le Temple de Gnide. *Paris*, *de l'imprimerie d'Adrien Egron*, *s. d.*, gr. in-8, front.-portr. de Montesquieu en médaillon, et 7 fig. par Eisen, demi-rel. v. br., non rog.

653. **MONUMENS DE LA VIE PRIVÉE DES DOUZE CÉSARS**, d'après une suite de pierres gravées sous leur règne. *A Rome*, *de l'imprim. du Vatican*, 1786, 1 vol. — **MONUMENS DU CULTE SECRET DES DAMES ROMAINES**, d'après une suite de pierres gravées sous leur règne, pour servir de suite à la Vie des douze Césars. *A Rome de l'imprim. du Vatican*, 1790, 1 vol. — Ensemble 2 vol. in-8, front. gr. et fig., bas. rac.

654. **Morale** (la) en action ou les Bons Exemples, pub. sous les auspices de Benjamin Delessert et le baron de Gérando, illustré de 120 dessins par J. David, gr. par Chevin. *Paris, G. Kugelmann*, 1842, gr. in-8, cart.

655. **Moreau** le jeune. Figures de l'Histoire de France, dessinées par M. Moreau le jeune, et gravées sous sa direction avec le texte explicatif rédigé par l'abbé Garnier. *Paris, A.-A. Renouard, s. d.*, pet. in-4, pl. (166), demi-rel. bas. verte.

656. **Muntz** (Eug.). Raphaël, sa vie, son œuvre et son temps, ouvrage contenant 155 reproductions de tableaux ou fac-similés de dessins insérés dans le texte et 41 planches tirées à part. *Paris, Hachette et Cie*, 1881, gr. in-8, demi-rel., dos et coins de chag. r., dos orné, fil., tête dor., non rog.

657. **Musée Dantan**. Galerie des charges et croquis des célébrités de l'époque, avec texte explicatif et biographique (par L. Huart). *Paris, H. Delloye*, 1839, in-8, portr. (100), demi-rel. bas. verte.

Très curieuses charges des célébrités d'il y a 40 ans. Rare.

658. **Musée** des archives nationales. Documents originaux de l'histoire de France exposés dans l'hôtel Soubise. Ouvrage enrichi de 1 200 fac-similés des autographes les plus importants depuis l'époque mérovingienne jusqu'à la Révolution française, publié par la direction générale des Archives nationales. *Paris, Plon*, 1872, in-4, cart. perc., non rog.

659. **Musée** ou Magasin comique de Philipon, contenant près de 800 dessins, par Cham, Daumier, Gavarni, Grandville, Plattier, Trimolet, Vernier et autres. Texte par Bourget, Cham, L. Huart, Ch. Philipon, etc. *Paris, Aubert et Cie, s. d.* (1842), 2 tomes en 1 vol. in-4, demi-rel. bas. (*Rel. fatiguée.*)

660. **Muséum parisien**. Histoire physiologique, pittoresque, philosophique et grotesque de toutes les bêtes curieuses de Paris et de la banlieue, pour faire suite à toutes les éditions des Œuvres de M. de Buffon, texte par L. Huart, 350 vign. par Grandville, Gavarni, Daumier, H. Monnier, etc. *Paris, Beauger et Cie*, 1841, gr. in-8, demi-rel. dos et coins de v. bleu.

661. **Musset** (Alf. de). Œuvres. *Paris, Charpentier*, 1857-1867. 9 vol. in-12, demi-rel. chag. vert, pl. toile, tr. dor.

662. **Musset** (Alf. de). Œuvres, ornées de dessins de M. Bida, gravés en taille-douce par les premiers artistes. *Paris, Charpentier et Cie*, 1876, gr. in-8 à 2 col., portr. et 28 fig., demi-rel. chag. r.

663. **Musset** (Alf. de). Contes d'Espagne et d'Italie. *Paris, A. Levavasseur et U. Canel*, 1830, in-8, demi-rel. v. vert, tr. marb. (*Un nom à l'encre sur le faux titre.*)

Édition originale.

664. **Musset** (Alf. de). La Confession d'un enfant du siècle. *Paris, F. Bonnaire*, 1836, 2 vol. in-8, demi-rel. v. f.

Édition originale.

665. **Musset** (A. de). Illustrations pour les œuvres d'Alfred de Musset, aquarelles par Eug. Lami, eaux-fortes par Ad. Lalauze, 60 pl. gr. à l'eau-forte y compris un titre, 4 grands front. et une table des sujets. *Paris, D. Morgand*, 1883, gr. in-8 en feuilles dans un cartonnage artistique.

Épreuves avec la lettre gravée, sur papier du Marais.

666. **Musset** (Alf. de). Suite de 42 eaux-fortes pour illustrer les œuvres d'Alfred de Musset, dessins de H. Pille, gravés par L. Monziès. *Paris, Lemerre*, 1884, in-4, en feuilles dans un carton.

Épreuves sur papier de Hollande avec la lettre.

667. **Nain jaune** (le), ou Journal des arts, des sciences et de la littérature, par Cauchois-Lemaire, Etienne, Merle, Jouy. 15 décembre 1814-15 juillet 1815, 43 numéros en 2 vol. in-8, caricatures coloriées, demi-rel. bas.

668. **Napoléon** et ses contemporains, suite de gravures représentant des traits d'héroïsme, de clémence, de générosité, de popularité, avec texte, pub. par Auguste de Chambure. *Paris, Bossange*, 1824, gr. in-4, avec pl. tirées sur Chine avec la lettre, demi-rel. dos et coins de chag. r., tête dor., non rog.

669. **Napoléon Ier** et la Garde impériale, texte par Eug. Fieffé, dessins par Raffet. *Paris, Furne fils*, 1859, in-4, pl. color., br., couv.

670. **NAYLER** (G.). The Coronation of his majesty King George the fourth solemnized in the collegiate church of Saint Peter Westminster upon the nineteenth day of July 1821, published by sir George Nayler garter principal king of arms. *London, printed by Bentley*, 1824, in-fol. max. avec 45 pl. color. et vign. sur bois, demi-rel. dos et coins de v. br. (*Rel. fatiguée.*)

671. **NEUCASTLE** (duc de). Nouvelle Méthode pour dresser les chevaux, traduction nouvelle sur l'original anglais, avec des annotations, en supplément, par de Sollerpel. *Paris, Clouzier,* 1677, in-4, fig., v. gr. (*Titre doublé et mouillures.*)

672. **NIEL** (P.-G.-J.). Portraits des personnages français les plus illustres du XVIe siècle, reproduits, en fac-similé, sur les originaux dessinés aux crayons de couleur par divers artistes contemporains, recueil publié avec notices par Niel. *Paris, A. Lenoir,* 1848-1856, 2 vol. in-fol., fig., demi-rel. chag. r., tête dor., non rog.

673. **Nieuhoff** (J.). L'Ambassade de la compagnie orientale des Provinces-Unies vers l'empereur de la Chine, faite par Pierre de Goyer et Jacob de Keyser, le tout recueilli par Jean Nienhoff; mise en françois par Jean Le Carpentier. *Leyde, Jac. de Meurs,* 1665, 2 part. en 1 vol. in-fol., front. gr. et fig., v. br.

674. **Nisard** (D.). Histoire de la littérature française. *Paris, F. Didot,* 1877, 4 vol. in-8, br.

675. **Nodier** (Ch.). Histoire du Roi de Bohême et de ses sept châteaux. *Paris, Delangle frères,* 1830, in-8, vign. dans le texte, gr. sur bois par Porret, d'après T. Johannot, cart. toile, non rog.

676. **Nodier** (Ch.). La Seine et ses bords, vignettes par Narville et Foussereau, pub. par A. Murc de Pclanne. *Paris,* 1836. — Les Environs de Paris, paysage, histoire, monuments, mœurs, chroniques et traditions, illust. de 200 dessins. *Paris, Boizard et Kugelmann, s. d.* (1844). — Ensemble 2 vol. gr. in-8, demi-rel. v. r. et cart. toile, tr. dor. (*Rel. des éditeurs.*)

677. **Nodier** (Ch.). Contes. — Trilby. — Le Songe d'Or. — Baptiste Montauban. — La Fée aux miettes. — La Combe de l'homme mort. — Ignès de las Sierras. — Imarra. — La Neuvaine de la Chandeleur. — La Légende de la sœur Béatrix. Eaux-fortes par T. Johannot. *Paris, J. Hetzel,* 1846, gr. in-8, cart. toile, tr. dor. (*Cart. de l'éditeur.*)

Premier tirage des épreuves.

678. **Norvins** (de). Histoire de Napoléon, vignettes par Raffet. *Paris, Furne et Cie,* 1839, gr. in-8, demi-rel. v. vert, non rog.

Première édition.

679. **Offenbach** (J.). Vert-Vert, opéra-comique en 3 actes, paroles de MM. H. Meilhac et Nuitter, musique de J. Offenbach. *Paris. E. Heu, s. d.*, gr. in-8, br.

Envoi autographe de Offenbach à M. Marcelin.

680. **Old Nick et Granville**. Petites Misères de la vie humaine. *Paris, H. Fournier*, 1843. — La Chine ouverte. Aventures d'un Fan-Kouei dans le pays de Tsin, ouvrage illustré par Aug. Borget. *Paris, H. Fournier*, 1845. — Ensemble 2 vol. in-8, demi-rel. dos et coins de chag. r. et cart. toile, tr. dor.

Premier tirage des épreuves.

681. **Ollier** (Edm.) History of the United States, illustrated. *London, Petter et Galpin, s. d.*, 3 vol. gr. in-8, nomb. fig. dans le texte, cart. toile r., fers spéciaux.

682. **O'Monroy** (Richard). Coups d'épingle, Études parisiennes. *Paris, Dentu,* 1886, 1 vol. — Un peu! beaucoup!! passionnément!!! *Paris, Calmann Lévy*, 1886. 1 vol. — Le Club des braconniers. *Paris*, 1887, 1 vol. — Ensemble 3 vol. in-12, br.

Editions originales avec couvertures illustrées, et envois autographes de l'auteur à M. Marcelin.

683. **Ordonnance et Instruction** selon laquelle se doibuent conduire et régler doresnavant les changeurs ou collecteurs des pièces d'or et d'argent deffendues, rognées, légieres ou trop vsées, et moiennant ce declairées et reputées pour billon, à ce commis et sermentez, pour estre liurées ès monnoyes de sa Maiesté, et conuerties en deniers à ses coings et armes. *En Anvers, chez Hierosme Verdussen*, 1633, in-fol. format d'agenda, 120 ff. contenant des monnaies de chaque côté, demi-rel. bas.

Volume rare.

684. **Orient** (Affaires d'). Épisodes militaires les plus importants des Armées alliées, dessinés et lithographiés, par Lebreton, Bellov, M.-L.-F. Roux, Morel-Fatio, Benoît, de Moraine, etc. *Paris, Wild, s. d.*, in-4 obl. de 142 planches color., demi-rel. dos et coins de mar. r., dos orné, fil. tête dor., non rog., pl. mont. sur onglets.

685. **Ovide.** (Métamorphoses d'), en rondeaux (par Isaac Benserade). *Paris, Imprimerie royale*, 1676, gr. in-4, fig. de Le Clerc, F. Chauveau et J. Le Pautre, bas. marb.

686. **Ovide** (les Métamorphoses d'), traduction nouvelle, avec le texte latin, suivie d'une analyse de l'explication des fables, de notes géographiques, historiques, mythologiques

et critiques, par G. T. Villenave, ornée de gravures d'après les dessins de Le Barbier, Monsiau et Moreau. *Paris, F. Gay et Ch. Guestard (imprimerie de P. Didot l'aîné)*, 1806, 4 vol. gr. in-4, demi-rel. chag. rouge.

687. **Pacini** (Eug.). La Marine, arsenaux, navires, équipages, navigation, atterrages, combats. Illustrations de Morel-Fatio. *Paris, Curmer*, 1844, gr. in-8, bas.

688. **Panthéon charivarique**. Recueil de 100 portraits lithographiés par Benjamin Roubaud et qui sont un tirage à part du *Charivari*, gr. in-4, demi-rel. bas.

Ce recueil comprend les portraits en manière de charge des acteurs, auteurs, dessinateurs, écrivains, peintres et autres personnages les plus célèbres de l'époque de 1830 à 1840.
2 planches rognées et déchirures dans les marges.

689. **PANTHÉON** des Illustrations françaises au XIXe siècle, comprenant un portrait, une biographie et un autographe de chacun des hommes les plus marquants, pub. sous la direction de Victor Frond. *Paris, Pilon-Lemercier*, 6 vol. gr. in-4, nombr. portraits, demi-rel. chag. r. pl. toile, fers spéciaux, tr. dor.

Dans le tome 1er se trouvent 2 portraits très rares par Gavarni (Musset et Decamps).

690. **Papiers** et Correspondance de la famille impériale. *Paris, Impr. nationale*, 1870-72, 2 vol. in-8, cart. perc., non rog. (*Pierson.*)

691. **Paré** (Ambr.). Les Œuvres de M. Ambroise Paré, conseiller et premier chirurgien du roy, avec les figures et portraits tant de l'anatomie que des instruments de chirurgie et de plusieurs monstres, le tout divisé en XXVI livres. *Paris, Gab. Buon*, 1575, in-fol. fig. sur bois, v. ant.

Titre raccommodé. Légères piqûres de vers et mouillures.

692. **Parent-Duchâtelet** (A.-J.-B.). De la prostitution dans la ville de Paris, troisième édition complétée par des documents nouveaux par A. Trébuchet, Poirat Duval. *Paris, J.-B. Baillière*, 1857, 2 vol. in-8, portr., cartes et tableaux, br.

693. **PARIS A TRAVERS LES AGES**. Aspects successifs des monuments et quartiers historiques de Paris depuis le XIIIe siècle jusqu'à nos jours, restitués d'après les documents authentiques par F. Hoffbauer. Texte par Ed. Fournier. P. Lacroix. A. de Montaiglon, A. Bonnardot, etc. *Paris, F. Didot et Cie*, 1875-1882, 14 fasc. in-fol. en carton.

694. **Paris** dans l'eau, par Eug. Briffault, illustré par Bertall. *Paris*, *Hetzel*, 1844. — Paris à table, par Eug. Briffault, illustré par Bertall. *Paris*, *Hetzel*, 1846. — Paris marié, philosophie de la vie conjugale, par H. de Balzac, commentée par Gavarni. *Paris*, *Hetzel*, 1846. — Ensemble 1 vol. pet. in-8, demi-rel. chag. r., pl. toile, tr. dor.

695. **PARIS DANS SA SPLENDEUR**. Monuments, vues scènes historiques. Descriptions et histoire. Dessins et lithographies par Ph. Benoist, Eug. Ciceri. J. David, Fichot, Sabatier, etc. Texte par Audiganne, L. Enault, V. Fournel, Ed. Fournier, Le Roux de Lincy, Viollet-le-Duc, etc. *Paris*, *H. Charpentier*, 1861, 3 volumes in-folio, demi-rel. chag. r., pl. toile, tr. dor.

696. **Paris** et les Parisiens au XIXe siècle. Mœurs, arts et monuments. Texte par Alex. Dumas, Th. Gautier, A. Houssaye, etc. Illustrations par E. Lami, Gavarni et Rou[illegible]rgue. *Paris*, *Morizot*, 1856, gr. in-8, cart. toile, fers spéciau[illegible], tr. dor.

697. **Paris**. Nouveau Tableau de Paris au XIXe siècle (par MM. H. Martin, P. de Kock, L. Gozlan, J. Janin, F. Soulié, H. de Balzac, etc., etc.). *Paris*, *Ch. Béchet*, 1835, 7 vol. pet. in-8, cart. perc. bl. (*Pierson*.)

Mouillures.

698. **Paris** sous Philippe le Bel, d'après des documents originaux et notamment d'après un manuscrit contenant le rôle de la taille imposée sur les habitants de Paris en 1292, pub. par H. Géraud. *Paris*, *Crapelet*, 1837, in-4, avec plan, cart. perc. grise, non rog.

699. **Parny**. Œuvres diverses, nouv. édit. corrigée et considérablement augmentée. *Paris*, *Debray*, 1802, 2 tomes en 1 vol., portr. — La Guerre des dieux, nouv. édit. complète. *Paris*, *Debray*, *an VIII* (1800), 1 vol. — Ensemble 2 vol. in-12, mar. bl., dos ornés, fil., tr. dor.

700. **Pascal** (B.). Lettres provinciales et Pensées, nouv. édit., augmentée d'un essai sur les meilleurs ouvrages en prose dans la langue française, et d'une introduction aux Pensées par le comte François de Neufchâteau. *Paris*, *Lefèvre*, 1819, 2 vol. in-8, portr. gr. par Leroux, v. vert, dos ornés, fil., tr. dor. (*Thouvenin jeune*.)

701. **Pellico** (S.). Mes Prisons, suivies du Discours sur les devoirs des hommes, traduction de Ant. de Latour, avec des chapitres inédits. Édition illustrée par T. Johannot. *Paris*, *Delahaye*, 1853, gr. in-8, nombr. dessins gr. sur bois dans le texte et pl. hors texte, cart. toile, fers spéciaux, tr. dor. (*Cart. de l'éditeur*.)

702. **Péquegnot**. Ornements, vases et décorations d'après les maîtres. *Paris*, 1856-1860, 290 planches formant les 4 premiers volumes, in-4, cart., non rog.

703. **Percier** (Ch.) et **P.-F.-L. Fontaine**. Description des cérémonies et des fêtes qui ont eu lieu pour le mariage de S.M. l'Empereur Napoléon avec S. A. Madame l'archiduchesse Marie-Louise d'Autriche. *Paris, impr. de P. Didot l'aîné*, 1810, in-fol., fig. au trait, cart., non rog.

704. **Percier** (C.) et **P.-F.-L. Fontaine**. Recueil de décorations intérieures comprenant tout ce qui a rapport à l'ameublement, comme vases, trépieds, candélabres, cassolettes. tables, secrétaires, lits, etc. *Paris, P. Didot l'aîné*, 1812, in-fol., pl. (72), demi-rel. chag., pl. toile.

Dans le même volume : Description de la toilette présentée à Sa Majesté l'impératrice-reine, et du berceau offert à S. M. le roi de Rome, composés par Prud'hon, dess. et gr. par A. L. Cavelier et A. Pierron. *Paris*, 1811, planches (5).

705. **Percier** (C.) et **P.-F.-L. Fontaine**. Recueil de décorations intérieures, comprenant tout ce qui a rapport à l'ameublement, comme vases, trépieds, candélabres, cassolettes, tables, secrétaires, etc. *Paris*, 1827, in-fol. pl. (72), cart., non rog.

706. **Perrault** (Ch.). Le Cabinet des beaux-arts, ou Recueil d'estampes gravées d'après les tableaux d'un plafond où les beaux-arts sont représentés, avec l'explication en prose et en vers. *Paris, Edelinck*, 1690, in-4 obl., texte et pl. gravés. (*Mouillures.*)

707. **PERRAULT** (Ch.). Les Hommes illustres qui ont paru en France pendant ce siècle, avec leurs portraits au naturel. *Paris, Ant. Dezallier*, 1696-1700, 2 tomes en 1 vol. gr. in-fol. v. br.

Exemplaire contenant les portraits de Thomassin, de Du Cange, et ceux d'Arnauld et de Pascal, avec leurs notices.

708. **Perrault** (les Contes de), dessins par Gustave Doré, préface par P.-J. Stahl. *Paris, J. Hetzel*, 1867, in-4, cart., toile r., non rog. (*Cart. de l'éditeur.*)

709. **Perret** (P.). Les Pyrénées françaises. Première partie. — Lourdes. — Argelès. — Cauterets. — Luz. — Saint-Sauveur. — Barèges. *Paris*, 1881, 1 vol. — Troisième partie. L'Adour. — La Garonne et le pays de Foix. *Paris*, 1884, 1 vol. — Ensemble 2 vol. gr. in-8, avec illustrations par E. Sadoux, br. couv. illust.

710. **Perrot** (A.-M.). Collection historique des ordres de chevalerie civils et militaires, existant chez les différents peuples du monde, suivie d'un tableau chronologique des ordres éteints, ouvrage orné de 40 pl. gr. en taille-douce et coloriées. *Paris, André*, 1820, in-4, cart., non rog.

711. **PETITOT**. Les Émaux du musée impérial du Louvre. Portraits de personnages historiques et de femmes célèbres du siècle de Louis XIV, gravés au burin par M. L. Ceroni. *Paris, Blaisot*, 1862, 2 vol. in-4, cart. toile rouge, fers spéciaux, tr. dor.

712. **Picturesque** Representations of the dress and manners of the Russians, illustrated in sixtyfour coloured engravings, with descriptions. *London, Th. Mc Lean, s. d.*, gr. in-8 carré, pl. color. (64), v. br. gaufré, tr. dor.

713. **Picturesque** Representations of the dress and manners of the Turks, illustrated in sixty coloured engravings, with descriptions. *London, J. Goodwin, s. d.*, gr. in-8, pl. color. (60), demi-rel. dos et coins de v. r.

714. **Pinelli**. Nuova Raccolta di cinquanta motivi pittoreschi e costumi di Roma, incisi all'acqua forte da Bartolomeo Pinelli Romano. *Roma*, 1810, pet. in-4, pl. (50), cart.

715. **Pinelli** (Bartolomeo). Nuova Raccolta di cinquanta costumi de' Contorni di Roma compresi diversi fatti di briganti, disegnati ed incisi all' acqua forte da B. Pinelli. *Roma, Scudellari*, 1823, in-4 obl., couv. papier, non rog.

716. **Pingret** (Ed.). Voyage de S. M. Louis-Philippe Ier, roi des Français, au château de Windsor. *Paris, Ed. Pingret*, 1846, in-fol., plan et 24 pl., rel. toile. (*Rel. fatiguée.*)

717. **Pinto** (Fernand Mendez) (les Voyages aventureux de), fidèlement traduits de portugais en français par le sieur Bernard Figuier. *Paris, Arn. Cotinet*, 1645, in-4, v. marb. (*Mouillure.*)

718. **Piranesi** (Gio-Bat.) Opere varie di architettura prospettive, grotteschi, antichita sul gusto degli antichi romani, inventate ed incise da Gio-Batista Piranesi. *Roma*, 1750, in-fol. max. de 77 pl. gr. à l'eau-forte, rel. vél. (*Rel. anc. fatiguée.*)

719. **Piranesi** (J.-B.). Alcune vedute di Archi trionfali, ed altri monumenti inalzati da Romani, parte de quali si veggono in Roma, e parte per l'Italia disegnati ed incisi dal cavalier Gio Battista Piranesi, in-4, obl. de 32 pl. gr. y

compris le titre, la dédicace et la table, en feuilles dans un carton.

720. **Pitre-Chevalier.** La Bretagne ancienne et moderne, illustrée par A. Leleux, O. Penguilly, T. Johannot. *Paris, W. Coquebert, s. d.* (1844). — Bretagne et Vendée. Histoire de la Révolution française dans l'Ouest, illustrée par A. Leleux, O. Penguilly, T. Johannot. *Paris, W. Coquebert, s. d.* (1845). — Ensemble 2 vol. gr. in-8, rel. plein chag. violet, fers spéciaux, tr. dor., et cart. toile bl., tr. dor.

Premières éditions.

721. **Plain or Ringlets,** by the author of Handley Cross, Sponge's Sporting tour, ask Mamma, etc., etc., with illustrations by John Leech. *London,* 1860, nomb. fig. dans le texte et pl. hors texte color., rel. toile, non rog.

722. **Pluvinel** (Ant. de). L'Instruction du Roy, en l'exercice de monter à cheval (avec une traduction allemande). *Paris, Macé Ruette,* 1629, in-fol., front. gr., portraits et fig. de Crispin de Pas, rel. parch.

Raccommodage à quelques feuillets et planches, mouillures.

723. **Ponce** (Nic.). Les Illustres Français, ou Tableaux historiques des grands hommes de la France, dans tous les genres de célébrité jusqu'en 1792. *Paris, chez l'auteur, s. d.* (1790-1816), in-fol. de 56 pl. d'après les dessins de Marillier, gr. par Ponce, demi-rel. chag. gren., tête dor., non rog.

Manque le titre gravé.

724. **Poncelin de la Roche-Tilhac** (J.-Ch.). Campagnes de Louis XV, ou Tableau des expéditions militaires des Français sous le dernier règne ; précédé de l'état de la France à la mort de Louis XIV, ouvrage enrichi de cartes, de la vue des villes affligées, du plan des batailles, du portrait des généraux célèbres et de médailles gravées. *Paris, chez l'auteur,* 1788, 2 part. en 1 vol. in-fol., demi-rel. bas. f.

725. **Ponsonailhe** (Ch.). Sébastien Bourdon, sa vie et son œuvre d'après des documents inédits tirés des archives de Montpellier. Eaux-fortes par J. Hanriot, E. Marsal et G. Boutet, dessins et autographes. *Paris, aux bureaux de l'Artiste,* 1883, gr. in-8, br., couv.

Envoi autographe de l'auteur à M. Marcelin.

726. **Portraits** et Histoire des hommes utiles, hommes et femmes de tous pays et de toutes conditions, pub. et propagés pour et par la Société Montyon et Franklin, 1833-1840.

Paris, au bureau de la Société Montyon et Franklin, 1836-1840, 3 tomes en 2 vol. gr. in-8, portraits (200), demi-rel. v. vert.

727. **Pougin** (Arth.). Dictionnaire historique et pittoresque du théâtre et des arts qui s'y rattachent, poétique, musique, danse, pantomime, décor, costume, machinerie, acrobatisme, etc. Ouvrage illustré de 350 grav. et de 8 chromolith. *Paris, Firmin-Didot et Cie*, 1885, gr. in-8 à 2 col., demi-rel. dos et coins de chag. r., dos orné, fil. tête dor., non rog.

728. **Prévost** (l'abbé). Histoire du chevalier des Grieux et de Manon Lescaut. *Amsterdam, aux dépens de la Compagnie*, 1753, 2 vol. in-12, mar. bleu, dos ornés, fil., tr. dor.

729. **Prévost** (l'abbé). Histoire de Manon Lescaut et du chevalier Des Grieux, édition illustrée par Tony Johannot, précédée d'une notice historique sur l'auteur par J. Janin. *Paris, E. Bourdin et Cie, s. d.* (1839), gr. in-8, nomb. vign. et fig. hors texte, sur chine avant la lettre, demi-rel. dos et coins de chag. gren.

Première édition.

730. **Propos de table** (les) de la vieille Alsace, illustrés tout au long de dessins originaux des anciens maîtres alsaciens. Œuvre de réconfort ajustée à l'heure présente, traduite, annotée et enrichie de compositions nouvelles, par Emile Reiber, Alsacien. *Paris, H. Launette*, 1886, in-4 écu pap. des Vosges à la forme, texte encadré, fig., br., couv. illust.

Tiré à 700 exemplaires numérotés.

731. **Provins**. Vues de Provins, dessinées et lithographiées, en 1822, par plusieurs artistes (Colin, Deroy, A. X. Leprince), avec un texte par M. D. (Du Sommerard). *Paris, Gide*, 1822, in-4, cart., éb.

732. **Punch**. Collection de 1877 à 1884, 8 années en livraisons in-4.

Manque les nos 1851, 1906, 1909, 1921, 2147, 2178, 2245, 2250 et les couvertures des nos 1983, 1993.

733. **Prescolt** (W.-H.). Histoire de la conquête du Mexique. avec un tableau préliminaire de l'ancienne civilisation mexicaine et la vie de Fernand Cortès, pub. en français par Am. Pichot. *Paris, F. Didot et Cie*, 1863, 3 vol. in-8, fig., br.

734. **Prud'homme** (L.). Révolutions de Paris, dédiées à la nation, publiées par L. Prud'homme à l'époque du 12 juillet 1789 au 20 juillet 1793, 17 vol. in-8, fig., v. marb.

735. **PYNE** (W. H.). The History of the royal residences of Windsor castle, Saint-James palace, Carlton house, Kensington palace, Hampton court, Buckingham house, and Frogmore, illustrated by one hundred highly finised and coloured engravings. *London,* 1819, 3 vol. gr. in-4, pl. color. mar. gren. à long grain, dos ornés, large dent. sur les pl. et int. doublé de tabis, tr. dor.

Déchirures et feuilles roussies dans le tome 3, p. 32 à 44. Exemplaire provenant de la bibliothèque du roi (Neuilly).

736. **Quatrelles.** Œuvres, avec illustrations par A. de Neuville et Eug. Courboin. *Paris, Charpentier et Hachette et Cie*, 1877-1885, 4 vol. in-4, br. et cart. toile, fers spéciaux. (*Rel. des éditeurs.*)

A coups de fusil. — Légende de la Vierge de Munster. — La Dame de Gai-Fredon. — Colin-Tampon.

737. **Quadrille** de Marie Stuart, 21 mars 1829. (*Paris*), gr. in-fol. fig. demi-rel. chag. r.

Ce quadrille a été exécuté dans un bal donné par madame la duchesse de Berry, il est ici représenté en 28 lithographies dessinées par Eug. Lami, et coloriées avec soin.

Cet ouvrage n'a pas été mis dans le commerce.

738. **Quicherat** (J.). Histoire du costume en France, depuis les temps les plus reculés jusqu'à la fin du XVIIIe siècle, 2e édit. contenant 483 gravures dessinées sur bois, d'après les documents authentiques, par Chevignard, Pauquet et P. Sellier. *Paris, Hachette et Cie*, 1877, gr. in-8, demi-rel. chag. r., pl. toile, tr. dor,

739. **Rabelais** (François). Œuvres, contenant cinq livres de la vie, faicts et dicts héroïques de Gargantua et de son fils Pantagruel, plus la Prognostication pantagruéline avec l'oracle de la Diue Bacbuc et le mot de la bouteille. *A Lyon, par Jean Martin,* 1558, 1 tome en 3 vol. in-8, mar. gren., milieux or sur les plats, tr. rouges. (*Raccommodages et mouillures.*)

740. **Rabelais** (F.). Œuvres. *Paris, L. Janet*, 1823, 2 vol. in-8, demi-rel. chag. La Vall., dos ornés, fil., non rog.

741. **Rabelais** (F.). Œuvres contenant la vie de Gargantua et celle de Pantagruel, précédées d'une notice sur la vie et les ouvrages de Rabelais, par P.-L. Jacob, illustrations par Gustave Doré. *Paris, J. Bry,* 1854, in-4, demi-rel., bas. r.

Premier tirage des figures.

Raccommodage dans la marge du fond au faux titre.

742. **Rabelais.** Œuvres, texte collationné sur les éditions originales, avec une vie de l'auteur, des notes et un glos-

saire. Illustrations de G. Doré. *Paris, Garnier frères*, 1873, 2 vol. in-fol., cart. toile r., fers spéciaux, non rog.

743. **Rabelais**. Œuvres, édition conforme aux derniers textes revus par l'auteur, une notice et un glossaire. Illustrations de A. Robida. *Paris, librairie Illustrée, s. d.*, 2 vol. in-4, cart. toile r., fers spéciaux, non rog.

Exemplaire avec envoi autographe de A. Robida à M. Marcelin.

744. **Racine** (J.). Œuvres, avec des commentaires, par Luneau de Boisgermain. *Paris*, *Cellot*, 1768, 7 vol. in-8, fig. v. marb.

Un portrait par Santerre, gr. par Gaucher, et 12 fig. de Gravelot gr. par Duclos, Lemire, Simonet, etc.

745. **Racine** (J.). Recueil de 57 estampes d'après les dessins de Prud'hon, Gérard, Girodet, Chaudet, Serangeli et Peyron, pour illustrer le Théâtre de Racine, in-fol., cart.

746. **RACINET** (A.). Le Costume historique et ses accessoires (armes, outils, objets usuels, décor de l'habitation, etc.), recueil de documents authentiques retraçant l'histoire du costume dans tous les pays depuis l'antiquité jusqu'au XIXe siècle, et contenant 500 planches, dont 300 en couleur, or et argent. *Paris*, *F.-Didot et Cie*, gr. in-4 en 20 livraisons, dans des cartons.

747. **Raffet** (Aug.). Notes et Croquis de Raffet, mis en ordre et publiés par Aug. Raffet, avec 257 dessins inédits, gravés en relief, par Amand-Durand. *Paris*, *Amand-Durand*, 1878, in-fol. avec 48 pl. hors texte, br., couv.

748. **Recueil** de 8 pièces en 1 vol. in-12, v. marbr., dos orné, fil., tr. dor.

Les Qu'est-ce? à l'auteur de la Comédie des philosophes, *S. l.*, 1760. — Les Quand, adressé à M. Palissot, et pub. par lui-même, 1760. — Les Pourquoi, réponse aux ridicules Quand de M. le comte de Tornet. — Le Joli Recueil, ou l'Histoire de la querelle littéraire, où les auteurs s'amusent en amusant le public. *Genève*, 1760. — Bouquets poissards, par Vadé. *Paris*, 1759. — Le Déjeuner de la Rapée, ou Discours des Halles et des ports, par L'Ecluse. *Paris*, 1755. — La Pipe cassée, par Vadé. *Paris, s. d.* — Lettres de la Grenouillère entre M. Jerosme Dubois et Mlle Nanette Dubut, par Vadé. Paris, 1756.

Exemplaires aux armes de Anne-Marguerite-Gabrielle Beauvau de Craon.

749. **Recueil** de pierres gravées antiques (par Mich.-Ph. Levesque de Gravelle. *Paris*, *P.-J. Mariette*, 1732-37, 2 tomes en 1 vol. in-4, avec 101 et 104 pl., v. marbr.

750. **REDOUTÉ** (P.-J.). Les Roses peintes par Redouté, décrites par C.-A. Torry. *Paris, Panckoucke*, 1824, 1 fort vol. gr. in-8, planches color. (159), demi-rel. v. f.

751. **Regnard**. Les Œuvres de M. Regnard. *Paris, Pierre Ribou*, 1714, 2 vol. in-12, v. gr.

Première édition publiée après la mort de l'auteur.

752. **Réimpression** du Journal Officiel de la République française sous la Commune, du 19 mars au 24 mai 1871, première édition. *Paris, V. Bunel*, 1871, in-4, cart. toile r., non rog.

753. **Reiset** (Cte de). Modes et usages au temps de Marie-Antoinette. Livre-journal de Mme Eloffe, marchande de modes, couturière lingère de la reine. Ouvrage illustré de près de 200 grav., dont 110 grandes planches, 68 coloriées. *Paris, Firmin-Didot et Cie*, 1885, 2 vol. in-4, demi-rel. chag. La Vall., pl. toile, tr. dor.

754. **REMBRANDT** (l'Œuvre de), reproduit par la photographie, décrit et commenté par Ch. Blanc, *Paris, Gide*, 1853-1858, gr. in-4 et gr. in-fol. fig. — Ensemble 2 vol. demi-rel. dos et coins de mar. br., tête dor., non rog., texte et planches montées sur onglets.

755. **Renan** (E.). Les Apôtres. *Paris, M. Lévy frères*, 1866, 1 vol. — Vie de Jésus. *Paris*, 1867, 1 vol. — L'Antechrist. *Paris*, 1873, 1 vol. — L'Église chrétienne. *Paris*, 1879, 1 vol. — Ensemble 4 vol. in-8, demi-rel. chag. bl.

756. **René**. Œuvres choisies du roi René, avec une biographie et des notices, par le comte de Quatrebarbes, et un grand nombre de dessins et ornements, d'après les tableaux et manuscrits originaux, par Hawke, 2e édition. *Paris, Picard*, 1849, 2 vol. gr. in-4, fig., cart., non rog. (*Qq. mouillures.*)

757. **REPRÉSENTATION DES FÊTES DONNÉES PAR LA VILLE DE STRASBOURG** pour la convalescence du Roi, à l'arrivée et pendant le séjour de S. M. en cette ville, inventé, dessiné et dirigé par J. Weiss. *Imprimé par Laurent Humbert, à Paris* (1745), gr. in-fol. dérel. couv. papier.

Titre gravé par Marvye, beau portrait de Louis XV à cheval, d'après Parrocel, gr. par J.-G. Wille; 11 grandes planches doubles dessinées par Weiss, gr. par Le Bas; 2 jolies vign. en tête et à la fin du texte par Weiss; 20 pp. de texte gravé avec encadrements et fleurons variés.

758. **Restif de la Bretonne.** Monument du costume physique et moral de la fin du XVIIIe siècle, ou Tableaux de la vie, ornés de 26 figures dessinées et gravées par M. Moreau le jeune, et par d'autres célèbres artistes. *A Neuwied sur le Rhin, chez la Société typographique*, 1789, in-fol. cart.

Manque cinq planches. Raccommodage à 3 feuillets et à 3 pl.

759. **RESTOUT.** Galerie française, ou Portraits des hommes et des femmes célèbres qui ont paru en France, gravés en taille-douce par les meilleurs artistes, sous la conduite de M. Restout, avec un abrégé de leur vie, par une société de gens de lettres. *Paris, Hérissant le fils*, 1771, in-fol., portraits (35), v. f. ant.

760. **Réveil.** Galerie des Arts et de l'Histoire, composée des tableaux et statues les plus remarquables des musées de l'Europe, et de sujets tirés de l'histoire de Napoléon, gravés à l'eau-forte sur acier par Réveil, et accompagnés d'explications historiques. *Paris, Hivert*, 1836, 8 vol. in-12, rel. toile bl., éb.

761. **Révolution française.** 4 vol. in-8, cart. et rel.

Dictionnaire des individus envoyés à la mort judiciairement pendant la Révolution, par L. Prudhomme. *Paris, an V*, 2 vol. — Histoire secrète du Tribunal révolutionnaire, par de Proussinaille. *Paris*, 1815. 2 vol.

762. **Reybaud** (L.). Jérôme Paturot à la recherche d'une position sociale, édition illustrée par J.-J. Grandville. *Paris, Dubochet, Le Chevalier et Cie*, 1846. — Jérôme Paturot à la recherche de la meilleure des républiques, édition illustrée par T. Johannot. *Paris, M. Lévy frères*, 1849. — Ensemble 2 vol. gr. in-8, demi-rel. chag. r. et gren., tr. dor.

763. **Reynolus** (Joshua). Continuation of the engraved works, consisting of two hundred engravings, produced in the best style of art, from pictures, by J. Reynolds. *London, A. Graves et Co*, 1865, in-fol. en 20 livraisons contenant 93 pl.

764. **Ribadeneira** (le R. P.). Les Fleurs des vies des Saints, des fêtes de toute l'année, ausquelles ont été ajoutées les vies de plusieurs saints de France, par André Duval, et augmentées d'un grand nombre de vies de saints et saintes. *Rouen, E. Hérault*, 1712, in-fol., fig., v. f., non rog.

Déchirures dans la marge du bas à quelques feuillets et dans le fond de la marge du titre.

765. **Riccoboni** (L.). Histoire du théâtre italien depuis la décadence de la comédie latine, avec un catalogue des tragédies et comédies italiennes imprimées depuis l'an 1500 jusqu'à l'an 1660, et une dissertation sur la tragédie moderne. (*Paris, Chaubert*, 1728), gr. in-8, front. et pl. gr. par Joulain, v. marb.

766. **Richard** (J.). En campagne. Tableaux et dessins de Meissonier, Ed. Detaille, A. de Neuville, Bellangé, Girardet, etc., etc. *Paris, Boussod, Valadon et Cie*, *s. d.*, 2 vol. gr. in-4, en feuilles, dans des cartons toile, lettres or.

767. **Rudinger** (J.-E.). Représentation et description de toutes les leçons des chevaux de manège et de la campagne, dans quelles occasions on s'en puisse servir (en allemand et en français). *Herausgegeben von John Elias Ridinger... Augspurg*, 1760, in-4, avec pl., bas. pleine.

Manquent les planches 26 et 27.

768. **Roberts** (David). La Terre Sainte, vues et monuments recueillis par D. Roberts, avec une description historique. *Bruxelles, Société des beaux-arts*, 1843, gr. in-fol., avec pl., demi-rel. v. vert.

769. **Robida** (A.). Les Vieilles Villes d'Italie, de Suisse, d'Espagne. — Voyages très extraordinaires de Saturnin Farandoul. — La Grande Mascarade parisienne. *Paris, Dreyfous*, 1878-1880. — Ensemble 5 vol. gr. in-8, textes et dessins noirs et coloriés de A. Robida, cart. toile rouge, fers spéciaux, tr. dor.

Envoi autographe de l'auteur à M. Marcelin.

770. **Robida** (A.). Le Vingtième siècle. Texte et dessins par A. Robida. *Paris, G. Decaux*, 1883, in-4, 300 dessins dans le texte et 50 pl. en noir et en couleur, cart. toile, fers spéciaux, tr. dor.

771. **Robida**. Le Voyage de M. Dumollet, texte et dessins par A. Robida. *Paris, G. Decaux, s. d.*, gr. in-8, fig. en noir et color. cart., toile illust., tr. r.

Exemplaire avec envoi autographe de l'auteur à M. Marcelin.

772. **Robson** (G.-F.). Scenery of the Grampians Mountains; illustrated by forty. One plates representing the principal hills, lakes and rivers... *London*, 1819, in-fol., carte et 41 pl. color., demi-rel. v.

773. **Rœderer**. Mémoire pour servir à l'histoire de la société polie en France. *Paris, F.-Didot frères*, 1835, in-8, cart., non rog.

Rare.

774. **Roquefort** (B. de). Vues pittoresques et perspectives des salles du musée des monuments françois, et des principaux ouvrages d'architecture, de sculpture et de peinture sur verre qu'elles renferment, gravées au burin, en 20 estampes, par Réville et Lavallée d'après les dessins de M. Vauzelle avec un texte explicatif par B. de Roquefort. *Paris, P. Didot l'aîné*, 1816, in-fol. max., fig., cart.

775. **Roscoe** (Th.). The tourist in France, illustrated from drawings by J. D. Harding. *London*, 1834, in-8, titre gr., fig., rel. plein chag. vert, tr. dor.

776. **Roscoe** (Th.). Views of cities and scenery in Italy, France, and Switzerland; from original drawings by Sam. Prout, and. J. D. Harding (en anglais et en français), le texte français par Alex. Sosson. *London Fisher et C°*, *s. d.*, 3 vol. in-4, fig., demi-rel. bas., pl. toile, tr. dor.

777. **Rossi** (dom de). Raccolta di statue antiche e moderne, colle sposizioni di Paulo-Aless. Maffei. *Roma*, 1704, 3 tomes en 1 vol. gr. in-fol., pl. (163), v. marb.

778. **Rousseau** (J.-J.). Lettres de deux amans, habitans d'une petite ville au pied des Alpes. *Amsterdam*, *Rey*, 1761, 6 parties en 4 vol. in-12, fig., v. marb.

12 figures par Gravelot, gravées par Aliamet, Choffard, Flipart, A. de Saint-Aubin, etc. Édition originale de la *Nouvelle Héloïse*.

779. **Rousseau** (J.-J.) (les Confessions de). Vignettes par T. Johannot, H. Baron, K. Girardet, E. Laville, C. Nanteuil, etc. *Paris*, *Barbier*, 1846, gr. in-8, demi-rel. chag. gren.

780. **Roussel** (P.-D.). Histoire et description du château d'Anet, depuis le xe siècle jusqu'à nos jours, et contenant une étude sur Diane de Poitiers. *Paris*, *imprimerie de D. Jouaust*, 1875, pet. in-fol., nomb. fig. dans le texte et pl. hors texte, cart., non rog.

Ouvrage tiré à 500 exemplaires.

781. **RUBENS**. La Galerie du palais du Luxembourg, peinte par Rubens, dessinée par les Srs Nattier et gravée par les plus illustres graveurs du temps. *Paris*, *Duchange*, 1710, in-fol. max., fig., v. br.

Beau portrait de Rubens d'après Van Dyck, gr. par J. Audran, et 24 pl. (dont 3 pliées) gravées par B. Audran, J. Audran, Duchange, B. Picart, etc., d'après les peintures de Rubens. EXEMPLAIRE AVEC LES PLANCHES AVANT LES N[os].

782. **Rues** (les) de Paris. Paris ancien et moderne, origines, histoire, monuments, costumes, mœurs, chroniques et traditions, ouvrage rédigé par l'élite de la littérature contemporaine sous la direction de L. Lurine, et illustré de 300 dessins exécutés par les artistes les plus distingués. *Paris, Kugelmann*, 1844, 2 vol. gr. in-8, demi-rel. chag. violet.

Première édition.

783. **Sacrarum** cæremoniarum sive rituum ecclesiasticorum S. Rom. Ecclesiae libri tres. Hac postrema editione magno studio, ac vigilantia recogniti, aucti et locupletati. *Venetis, apud Juntas*, 1582, in-4, fig. sur bois, v. ant., tr. dor.

784. **SACRE DE LOUIS XV** (le), roi de France et de Navarre dans l'église de Reims, le 25 octobre 1722 (rédigé par Danchet). *Paris*, 1723, in-fol. max., fig., v. marb., tr. dor.

Texte gravé, grandes vignettes et planches de costumes gravées, grandes planches doubles par Audran, Beauvais, Cochin père, etc.

Relié aux armes de France.

785. **Sacre** de S. M. l'empereur Napoléon, dans l'église métropolitaine de Paris, le 2 décembre 1804, orné de 39 pl. gravées d'après les dessins de MM. Isabey, Percier et Fontaine. *Paris, Imp. impériale*, in-fol. max, demi-rel. chag. r., non rog.

786. **Sacre** de Charles X dans la métropole de Reims, le 29 mai 1825. *Paris, Sazerac et Duval*, 1825, gr. in-fol., fig., demi-rel. chag. r., non rog. (*Mouillures.*)

787. **Sahib**. La Frégate l'Incomprise, voyage autour du monde, texte et dessins à la plume par Sahib. *Paris, L. Vanier*, 1870, in-4, cart., tête éb., non rog.

787 *bis*. Le même cart. de l'éditeur, tr. dor.

788. **Saillet** (Alex. de). Les Jeunes Français de toutes les époques, types et nouvelles historiques, études de mœurs, etc. illustrées de dessins de J. David, Mouilleron et Janet-Lange. *Paris, P.-C. Lehuby, s. d.* (1846), gr. in-8, cart. toile. (*Cart. de l'éditeur.*)

789. **Saint-Albin** (A. de). Les Salles d'armes de Paris. *Paris, Glady frères*, 1875, in-8, pap. vergé, portraits, br., couv.

790. **Sainct Martin**. Les Travaux d'Ulysse, desseignez par le sieur de Sainct Martin, de la façon qu'ils se voyent dans la Maison royale de Fontainebleau, peints par le sieur Nicolas et gravez en cuivre par Théodore Van Tulden, avec le subject et l'explication morale de chaque figure. *Paris, Tavernier*, 1633, in-fol. obl., pl. (58), rel. parch.

La planche 24 est doublée et rognée sur le bord des marges.

791. **Saint-Pierre** (B. de). Paul et Virginie (suivi de la Chaumière indienne). *Paris, L. Curmer*, 1838, gr. in-8, portr. et fig., rel. pl. chag. r., dos et pl. ornés, tr. dor.

792. **Saint-Pierre** (B. de). Paul et Virginie, préface de J. Claretie, eaux-fortes de Fr. Régamey. *Paris, Quantin*, 1878, in-8 écu, br., couv.

793. **Sainte-Beuve**. Galerie des grands écrivains français, tirée des Causeries du lundi et des Portraits littéraires, illustrée de portraits gravés au burin, par Goutière, Delaunay, Nargeot, etc., d'après les dessins de Staal, Philippoteaux, etc. *Paris, Garnier frères*, 1878, gr. in-8, br., couv.

Portraits ajoutés.

794. **Salmon** (l'abbé F.-R.). La Sainte Bible. Ancien et Nouveau Testament (récit et commentaire), ouvrage illustré de 240 grav. par Schnorr. *Paris, Firmin-Didot et Cie*, 1878, in-4, rel. plein chag. r., dos orné, tr. dor.

795. **Salons** de 1806, 1822, 1827 et 1833, 4 vol. in-8, fig., cart.

Le Pausanias français ou Description du Salon de 1806. *Paris, Buisson*, 1808. — Salon de 1822, ou Collection des articles insérés au *Constitutionnel*, par A. Thiers. *Paris, Maradan*, 1822. — Esquisses, croquis, pochades, sur le Salon de 1827, par A. Jal. *Paris, A. Dupont et Cie*, 1828, lith. coloriée d'Henry Monnier. — Le Salon de 1833, par G. Laviron et B. Galbacio orné de 12 vign. à l'eau-forte, par Alf. et T. Johannot, Gigoux, etc. *Paris, A. Ledoux*, 1833.

796. **Sand** (G.). Indiana. *Paris, Ch. Gosselin*, 1833, 2 vol. in-8, demi-rel. v. br.

Quatrième édition. Voir *Bibliographie romantique*, p. 249.
Exemplaire provenant de la bibliothèque de M. Asselineau avec son *ex libris*.

797. **Sand** (G.) (Galerie des Femmes de), par le bibliophile Jacob, 24 gravures en taille-douce sur acier, par M. H. Robinson, d'après les tableaux des premiers artistes. *Bruxelles, Haumann*, 1843, gr. in-8, fig. et vign. dans le texte, rel. plein chag. r., tr. dor.

798. **Sand** (G.). Romans champêtres, illustrés par Tony Johannot. *Paris, Hachette et Cie*, 1860, 2 vol. in-8, demi-rel. chag. r.

798 *bis*. — Le même ouvrage, broché avec couvertures.

799. **Sand** (M.). Masques et Bouffons (comédie italienne), texte et dessins par Maurice Sand, gravures par A. Manceau, préface par George Sand. *Paris, A. Lévy fils*, 1862, 2 vol. gr. in-8, fig. color., demi-rel. mar. r., tr. peig.

800. **Sandrat**. Romanorum fontinalia, sive intra et extra urbem Romam fontium delineatio. *Norimbergeae, Sandratianis*, 1685, in-fol., pl. (42), v. ant., texte et pl. mont. sur onglets.

801. **Sappho**. Recueil de compositions dessinées par Girodet, et gravées par Chatillon son élève; avec une notice sur la vie et les œuvres de Sappho, par S.-A. Coupin. *Paris, Chaillou-Potrelle*, 1827, in-4, pl. (16), chag. bleu à long grain, dos orné, large dent. sur les pl.

802. **Sauvan**. Picturesque of the Seine, from Paris to the sea, with particulars historical and descriptive, illustrated with twenty-four higly finished and coloured engravings, from drawings by A. Pugin and J. Gendall. *London, R. Ackermann*, 1821, gr. in-4, carte et 24 pl. color., demi-rel. dos et coins de chag. bl., dos orné, fil.

803. **Sauvan** (J.-B.-B.). Diorama anglais, ou Promenades pittoresques à Londres, renfermant les notes les plus exactes sur les caractères, les mœurs et usages de la nation anglaise, etc. Ouvrage orné de 24 planches gravées et enluminées et de plusieurs sujets caractéristiques. *Paris, J. Didot l'aîné*, 1823, in-8, bas. pleine.

804. **SAVARD** (F.). **LES ACTRICES DE PARIS**, préface par Henri de Pène. *Paris, Librairie centrale*, 1867, in-12, cart. demi-rel. mar. citron, non rog. (*Carayon*.)

Édition originale avec la couverture. Exemplaire auquel on a ajouté des lettres autographes de Mmes Alphonsine, Arnould-Plessis, Zulma Bouffar, Augustine et Madeleine Brohan, Marie Cabel, Virginie Déjazet, Marie Delaporte, Eugénie Doche, Augustine Duvercher, Anaïs Fargueil, Lia Félix, Suzanne Lagier, Marie Laurent, Macé-Montrouge, Miolan-Carvalho, Nathalie, Louise Périga, Blanche Pierson, Roselia Rousseil, Marie Sass, Ugalde.

805. **Scènes de la vie privée et publique des animaux**. Vignettes par Grandville. — Études de mœurs contemporaines publiées sous la direction de P.-J. Stahl avec la collaboration de Balzac, de La Bédollière, J. Janin, Ch. Nodier, G. Sand, etc. *Paris, J. Hetzel et Paulin*, 1842, 2 vol. gr. in-8, demi-rel. chag. vert.

806. **Schenk** (P.). Theatrum bellicum, incipiens a Carolo II, hispaniarum rege ad Carolum III, continensque novem historicas figuras, in magna charta expressas, præcipuarum obsidionum tum mari quam terra, præcipuorum munimentorum ad Rhenum, Mosan, Mosellam, uti et in Hispania et Italia sitorum. Addita est brevis descriptio lingua latina et belgica delineavit et edidit Petrus Schenk. *Amstelaedami, P. Schenk*, 1720, in-fol., pl. (33), demi-rel. bas.

807. **Scheufelein** (Hans). La Danse des noces, reproduite par Johannes Schratt, avec une notice biographique sur H. Scheufelein par le Dr A. Andresen. *Paris, Tross,* 1865, in-fol., pl. (22), cart. toile, non rog.

808. **Schiller.** Œuvres, traduction nouvelle par Ad. Regnier. *Paris, Hachette et Cie*, 1859-1862, 2 vol. in-8, portr., demi-rel. chag. rouge.

809. **Schliemann** (H.). Ilios, ville et pays des Troyens, résultat des fouilles sur l'emplacement de Troie et des explorations faites en Troade de 1871 à 1882, avec une autobiographie de l'auteur, 2 cartes, 8 plans et environ 2 000 grav. sur bois, trad. de l'anglais par Mme Egger. *Paris, F.-Didot et Cie*, 1885, gr. in-8, br.

810. **Scribe** (Eug.). Œuvres complètes, nouvelle édition comprenant tous les ouvrages composés par M. Scribe seul ou en société, illustrée de 181 jolies gravures en taille-douce, d'après les dessins de Alf. et T. Johannot, Gavarni, Marck, G. Staal, Et. David, etc. *Paris, Lebigre-Duquesne,* 1854, 17 tomes en 8 vol. gr. in-8, demi-rel. bas.

811. **Scott** (W.). Œuvres traduites par A. J.-B. Defauconpret. *Paris, Furne et Ch. Gosselin*, 1839, 25 vol. in-8, demi-rel. chag. rouge, dos ornés, fil., éb.

812. **Scott** (W.). Quentin Durward, traduction de Louis Vivien. Vignettes de Th. Fragonard, gravées par H. Porret. *Paris, Pourrat et Cie*, *s. d.* (1839), gr. in-8, demi-rel. dos et coins de v. vert, tête éb., non rog.

813. **Scott** (W.) illustré. *Paris, Firmin-Didot et Cie*, 1880-1883, 4 vol. gr. in-8, fig., br. et cart. toile r., tr. dor.

Ivanhoé. — Rob Roy. — Guy Mannering. — Waverley.

814. **Scott** (W.) (Galerie des Femmes de). 42 portraits accompagnés chacun d'un portrait littéraire. *Paris, Marchant,* 1839, gr. in-8, demi-rel. dos et coins de v. br.

Titre et une planche rognés sur le bord de la marge supérieure.

815. **Scott** (W.). Nouvelles Illustrations anglaises des romans de Walter Scott, avec des descriptions tirées de W. Scott et enrichies de notes, par C. Pellé. *London, Fisher, s. d.*, 2 vol. gr. in-8, 108 pl. avec leur explication en anglais et en français, demi-rel. dos et coins de chag. vert, tête dor.

816. **Second** (Albéric). Les Petits Mystères de l'Opéra, illustrations par Gavarni. *Paris, G. Kugelmann*, 1844, in-8, demi-rel. v. vert.

Exemplaire avec envoi autographe de l'auteur à Mme Zélie de Coussy.

817. **Sedaine.** Œuvres choisies (publiées avec une notice sur la vie et les ouvrages de l'auteur par M. Auger). *Paris, P. et F. Didot*, 1813, 3 vol. in-18, rouge, mar., dos ornés, fil., tr. dor.

818. **Shakespeare** (the Works of), revised from the vest authorities : with a memoir, and essay on his genius, by Barry Cornwall ; also annotations and introductory remarks on the plays, by Many distinguished writers, illustrated with engravings on wood, from designs, by Kenny Meadows. *London, Rob. Tyas*, 1843, 3 vol. gr. in-8, fig., cart. toile, non rog.

819. **Shakespeare.** The Works, edited by Howard Staunton, the illustrations by John Gilbert, engraved by the brothers Dalziel. *London, Routleage et Co*, 1866, 3 vol. gr. in-8, cart. toile r., non rog.

820. **Shakespeare.** Umrisse zu Shakespeare's dramatischen werken, erfunden und gestochen, von Moritz Retzch, dritte auflage mit andentungen, von C.-A. Boettiger, v. Miltitz und prof. Ulrici. *Leipzig, E. Fleischer*, 1871, in-4 obl., front. et 100 pl. cart.

821. **Shakespeare.** Œuvres complètes, traduction nouvelle par Benjamin Laroche. *Paris*, 1844, 2 vol. gr. in-8 à 2 col., demi-rel. chag. violet.

822. **Shakespeare** (W.). Œuvres complètes, trad. par F.-V. Hugo. *Paris, Pagnerre*, 1865, 15 vol. in-8, demi-rel. chag. La Vall., tête éb., non rog.

823. **Shakespeare.** Œuvres complètes, trad. par Em. Montégut. *Paris, Hachette et Cie*, 1867-1873, 10 vol. in-12, demi-rel. chag. La Vall.

824. **Shakspeare** (Galerie des femmes de). Collection de 45 portraits gravés par les premiers artistes de Londres, enrichis de notices critiques et littéraires. *Paris, H. Delloye*, *s. d.* (1838). — Galerie des personnages, reproduits dans les principales scènes de ses pièces, avec une analyse succincte, de chacune des pièces de Shakspeare et la reproduction en anglais et en français des scènes auxquelles se rapportent les 80 gravures dont cet ouvrage est orné, par Am. Pichot, précédée d'une notice biographique de Shakspeare par Old

Nick. *Paris, Baudry*, 1844. — Ensemble 2 vol. gr. in-8, demi-rel. chag. r., et cart. toile, tr. dor.

825. **Shaw** (H.). Illuminated Ornaments selected from manuscripts and early printed books from the sixth to the seventeenth centuries, drawn and engraved by Henry Shaw, with descriptions by Frederic Madden. *London, W. Pickering*, 1833, in-4, 40 pl. en couleurs, demi-rel. chag. vert.

826. **Siècle** (le) de Napoléon, galerie des Illustrations de l'Empire, portraits en pied peints par F. Philippoteaux, lithographiés en deux teintes par Ch. Bour, et coloriés avec le plus grand soin, sous la direction de J. Rigo. Notices biographiques, sur chaque personnage. *Paris, Administration de librairie*, 1846, in-4, cart. illust.

827. **Silhouette** (la), journal des caricatures, beaux-arts, dessins, mœurs, théâtres, etc., fondé par Em. de Girardin, Balzac et de Varaigne, dessins par Henry Monnier, Gavarni, T. Johannot, etc. *Paris*, 1830, 2 tomes en 1 vol. in-4, fig. en noir et color., demi-rel. chag. La Vall., tête éb., non rog.

828. **Silvestre** (Th.). Histoire des artistes vivants français et étrangers. Etudes d'après nature. Illustrée de 10 portraits gravés sur acier. *Paris, Blanchard*, 1856, gr. in-8, mar. La Vall., fers à fr. sur les pl., dent. int., tr. dor.

Première série contenant les artistes suivants: Ingres — Eug. Delacroix — Corot — Chenavard — Decamps — Barye — Diaz — Courbet — Préault — Rude.

829. **Smyth** (Coke). Souvenir of the bal costumé, given by queen Victoria at Buckingham Palace, may 12, 1843, the drawings from the original dresses by Coke Smyth; the descriptive letter press by J. R. Planché. *London*, 1843, in-fol. impér., 52 portr. exécutés en or et en couleurs, demi-rel. chag. r.

830. **Solis** (D. Ant. de). Histoire de la conquête du Mexique, ou de la Nouvelle-Espagne, trad. de l'espagnol. *Paris, Villery*, 1696, in-4, fig., v. gr.

Exemplaire aux armes de Louis-Urbain Le Fèvre de Caumartin Saint-Ange.

831. **Soltykoff** (P^ce^ Alexis). Voyage en Perse. *Paris, Curmer, Lecou*, 1851, gr. in-8, lithographies (20), par Trayer, cart. toile, tr. dor. (*Cart. des éditeurs.*)

831 *bis*. Le même ouvrage, 3e édition. *Paris, Lecou*, 1854, gr. in-8, br., couv.

832. **Spencer Northcote et W.-R. Browlow.** Rome souterraine, résumé des découvertes de M. de Rossi dans les catacombes romaines, trad. de l'anglais par P. Allard, ouvrage illustré de 70 vignettes, 20 chromolithographies, et d'un plan du cimetière de Caliste. *Paris, Didier et Cie*, 1877, gr., demi-rel., dos et coins de vélin blanc, tête dor., non rog., couv.

833. **Stendhal.** (Henri Beyle.) De l'Amour. *Paris, P. Monge l'aîné*, 1822, 2 vol. in-18, demi-rel. v. f.

Édition originale.

834. **Stendhal.** (Henry Beyle.) Œuvres. *Paris, M. Lévy frères*, 1853-1876, 18 vol. in-12, portr., demi-rel.

835. **Sterne** (L.). Voyage sentimental, trad. nouvelle, précédée d'un Essai sur la vie et les ouvrages de Sterne, par J. Janin, édition illustrée par T. Johannot et Jacque. *Paris, E. Bourdin, s. d.* (1841), gr. in-8, nomb. vign. sur bois et fig. hors texte tirées sur Chine avant la lettre, demi-rel. v. br.

836. **Stieler** (Ad.). Hand Atlas vollständige ausgabe in 84, Karten. *Gotha, J. Perthes*, 1874, pet. in-fol. demi-rel. dos et coins de chag. La Vall., pl. toile.

837. **Strutt** (Jos.). A Complete view of the dress and habits of the people of England, from the establishment of the Saxons in Britain to the present time... a new and improved edition, with critical and explanatory notes, by J.-R. Planche. *London, G. Bohn*, 1842, 2 vol. gr. in-4, avec 143 pl. color., demi-rel. dos et coins de chag. br., éb.

838. **Stuart** (J.). et **N. Rewett.** Les Antiquités d'Athènes, mesurées et dessinées par J. Stuart et N. Rewett, ouvrage trad. de l'anglais par L.-F. F. (Feuillet), et pub. par C.-P. Landon. *Paris*, 1808-1822, 4 vol. in-fol. fig. au trait.

839. **Sucquet** (Ant.). Via vitae aeternae, iconibus illustrata per Boëtium a Bolswert, editio septima. *Antuerpiae, H. Aertssium*, 1630, 1 fort. in-8, fig. vélin.

840. **Sudre** (P.). La Chapelle de Saint-Ferdinand, publiée avec l'autorisation de S. M. la Reine, par Pierre Sudre. *Paris, Claye et Cie*, 1846, gr. in-fol., avec 20 pl., demi-rel. bas. verte.

841. **Sue** (E.). Les Mystères de Paris, nouv. édit., revue par l'auteur. *Paris, Ch. Gosselin*, 1843-44, 4 tomes en 2 vol. — Mathilde, Mémoires d'une jeune femme, nouv. édit., revue

par l'auteur. *Paris, Ch. Gosselin*, 1844-45, 2 vol. — Le Juif-Errant, édition illustrée par Gavarni. *Paris, Paulin*, 1845, 4 tomes en 2 vol. — Ensemble 10 tomes rel. en 6 vol. gr. in-8, demi-rel. chag. gren. et vert.

Premières éditions illustrées.
Manque, dans le Juif-Errant, la table des matières du tome 1er. — Faux titre et titre des tomes II et IV. — Coins cassés à la reliure du tome Ier des Mystères de Paris.

842. **Susane** (général). Histoire de la Cavalerie française. *Paris, Hetzel et C*, 1874, 3 vol. — Histoire de l'Artillerie française. *Paris*, 1874, 1 vol. — Histoire de l'Infanterie française. *Paris, Dumaine*, 1876, 4 vol. — Ensemble, 8 vol. in-12, cart. perc. bl., non rog. (*Pierson.*)

843. **Swift.** Voyages de Gulliver dans les contrées lointaines, traduct. nouv., précédée d'une notice par W. Scott, illustrations par J.-J. Grandville. *Paris, Garnier frères*, 1863, in-8, demi-rel. chag. bl., pl. toile, tr. dor.

844. **Syntax** (docteur). The Dance of life, a poem; illustrated with coloured engravings, by Thomas Rowlandson. *London, R. Ackermann*, 1817, gr. in-8, 26 pl. color., demi-rel. chag. r.

Ouvrage estimé et rare.

845. **TABLEAUX HISTORIQUES DE LA RÉVOLUTION FRANÇAISE**, ouvrage orné de 222 gravures, avec des discours (par l'abbé Fauchet, Chamfort, Ginguené et Pagès). *Paris, Auber*, 1798-1804, 3 vol. in-fol., demi-rel. chag. r., non rog.

846. **Tableaux** historiques des campagnes d'Italie, depuis l'an IV jusqu'à la bataille de Marengo; suivis du précis des opérations de l'armée d'Orient; de la campagne d'Allemagne jusqu'à la Paix de Strasbourg. *Paris, Auber*, 1806, gr. in.-fol. pap. vélin, fig., cart. non rog. (*Mouillures.*)

Ouvrage fort recherché, les planches ont été gravées par Duplessis-Bertaux, d'après les dessins de Carle Vernet.

847. **Taine** (H.). Voyage aux Pyrénées, troisième édition, illustrée par Gustave Doré. *Paris, Hachette et Cie*, 1860, in-8, cart. toile r., dos orné, large dent. sur les pl., tr. dor.

Exemplaire avec envoi autographe de G. Doré à Mlle L. Tautin.

848. **Taine** (H.). Voyage en Italie. *Paris, Hachette et Cie*, 1866-1872, 2 vol. in-8, maroq. gren., dos ornés, fil., tête éb. non rog.

849. **Taschereau** (J.). Revue rétrospective, ou Archives secrètes du dernier gouvernement. Mars-novembre 1848 (31 numéros). *Paris, Paulin*, 1848, gr. in-8, à 2 col., cart. perc. bl., tête éb., non rog. (*Pierson*.)

850. **Tasso**. La Gerusalemme liberata, con la vita del medesimo, e con le annotazioni di Gentili e di G. Guastavini. *Urbino*, 1735, in-fol., fig. d'après Ant. Tempesta, v. br., dos orné et large dent. sur les pl. (*Rel. italienne*.)

Quelques mouillures.

851. **Tasse**. La Jérusalem délivrée, traduction nouvelle et en prose, par V. Philipon de La Madelaine, augmentée d'une description de Jérusalem par de Lamartine, édition illustrée par Baron et C. Nanteuil. *Paris, J. Mallet et Cie*, 1841, gr. in-8, demi-rel. chag. bl.

Première édition illustrée.

852. **Temple des Muses**, ou Collection des sujets les plus intéressants de la mythologie, gravés d'après les dessins de Diepenbeck, élève de Rubens. *Paris, Gail*, 1795, in-4 de 58 pl., demi-rel. bas.

853. **Tennyson** (Alf.). Les Idylles du Roi. — Enide. — Viviane. — Elaine. — Genièvre, poèmes trad. de l'anglais par Francisque-Michel, avec 36 gravures sur acier d'après les dessins de G. Doré. *Paris, Hachette et Cie*, 1869, in-fol., demi-rel. dos et coins de chag. r., tr. dor.

854. **Ternisien d'Haudricourt**. Fastes de la Nation française, ouvrage présenté au roi. *Paris, Decrouan, s. d.*, 3 vol. in-4, pap. vélin, fig., demi-rel. bas., tr. dor.

855. **Texier** (Edm.). Tableau de Paris, ouvrage illustré de 1500 gravures d'après les dessins de P. Blanchard, Cham, Français, Gavarni, J.-J. Grandville, Pauquet, H. Vernet, etc. *Paris, Paulin et Le Chevalier*, 1852-53, 3 tomes en 1 vol. gr. in-4, cart. toile, tr. dor. (*Cart. des éditeurs*.)

856. **Thausing** (Moriz). Albert Durer, sa vie et ses œuvres, trad. de l'allemand. Ouvrage illustré de 75 grav. en taille-douce, en lithographie et sur bois. *Paris, Firmin-Didot et Cie*, 1878, gr. in-8, demi-rel., dos et coins de chag. r., dos orné, fil., tête dor., non rog.

857. **Théâtre des Grecs**. Tragédies de Sophocle, trad. du grec par Artaud. *Paris, Brissot-Thivars*, 1827, 3 vol. —

Comédies d'Aristophane, trad. du grec par Artaud. *Paris, Brissot-Thivars*, 1830, 6 vol. — Ens. 9 vol. in-32, demi-rel. v. r.

858. **Théâtres** (les) de Paris, notices et portraits. Texte par une Société de gens de lettres, dessins par Eustache Lorsay, lithographiés par Collette. *Paris, Baillieu, s. d.*, 2 vol. gr. in-8, pl. en noir et color., br.

859. **The Graphic** an illustrated weekly newspaper. Volume I december 1869 to june 1870. *London*, 1870, in-fol., nombr. grav. dans le texte et pl. hors texte, rel. toile bl., tr. dor.

860. **The Land we Live in.** A pictorial and literary sketch-book of the British Empire. *London, Ch. Knight, s. d.* 4 tomes en 2 vol. gr. in-8 à 2 col., nombr. figures et cartes, cart. toile, non rog.

861. **THIBAULT** (Girard) d'Anvers. **ACADÉMIE DE L'ESPÉE**, où se démontrent la théorie et pratique des vrais et jusqu'à présent incognus secrets du maniement des armes à pied et à cheval. *S. l.*, 1628, gr. in-fol., fig. de Bolowert, Crispin de Pas, etc., rel. vélin. (*Reliure de l'époque.*)

862. **Thierry** (Aug.). Récits des temps mérovingiens, avec 42 dessins de J.-P. Laurens reproduits par les procédés de M. Poirel. *Paris, Hachette et Cie*, 1886, in-4, cart. toile r., tr. dor. (*Cart. des éditeurs.*)

863. **Thiers** (A.). Histoire de la Révolution française, 5e édition. *Paris, Furne*, 1836, 10 vol. in-8, portr. fig. et cart. demi-rel. bas. viol.

864. **THIERS** (A.). Histoire du Consulat et de l'Empire. *Paris, Paulin, Lheureux et Cie*, 1845-1874, 21 vol. in-8, y compris la table analytique, et atlas in-fol. demi-rel. chag. vert, éb.

Exemplaire avec envoi autographe de l'auteur à M. Chabrier.

865. **Thiers**. Collection de 350 gravures, dessins de Philippoteaux, etc., pour l'histoire du Consulat et de l'Empire. *Paris, Lheureux et Cie*, 1870, gr. in-8 en portefeuille.

866. **Thomas** (J.-B.). Un an à Rome et dans ses environs, recueil de dessins lithographiés, représentant les costumes, les usages et les cérémonies civiles et religieuses des États romains, dessiné et publié par Thomas. *Paris, impr. de F. Didot*, 1823, gr. in-fol., 72 pl. lith. en couleurs, cart., non rog.

867. **Thomas**. Un an à Rome et dans ses environs, recueil de dessins lithographiés, représentant les costumes, les usages et les cérémonies civiles et religieuses des Etats romains, dessiné et publié par Thomas. *Paris*, *F. Didot*, 1823, pet. in-fol. de 44 pp. et 72 pl. lithogr. en couleurs, rel. plein chag. r., à long grain, dos orné, fil.

868. **Timon**. Études sur les orateurs parlementaires (édition de la Nouvelle Minerve). *Paris*, 1836, gr. in-8 portraits, demi-rel. v. bl.

869. **Timon**. Livre des Orateurs, onzième édition ornée de 27 portraits gravés sur acier. *Paris*, *Pagnerre*, 1842, gr. in-8, demi-rel. dos et coins de chag. r., dos orné, fil.

Première édition illustrée.

870. **Tissot** (V.). La Hongrie, de l'Adriatique au Danube, impressions de voyage. Ouvrage illustré de 10 héliograv. d'après Valerio et de plus de 160 grav. dans le texte, dont 100 dessins de Poirson. *Paris*, *Plon*, 1883. — La Russie et les Russes. Kiew et Moscou. Ouvrage illustré de plus de 240 grav., dont 67 dessins de E. de Haenen et 115 de Pranischnikoff. *Paris*, 1883. — Ensemble 2 vol. gr. in-8, br., couv.

871. **Tite-Live**. Œuvres (Histoire romaine), avec la traduction en français, pub. sous la direction de M. Nisard. *Paris*, *F. Didot et C*, 1869, 2 vol. gr. in-8 à 2 col., demi-rel. chag. r., tête ébarb., non rog.

872. **Titianus**. Opera excellentiora a clarissimi nominis pictoribus Titiano Vecellio, Cadubriensi et Paulo Calliari, Veronensi, inventa, atque picta Valentino, Le Fevre, recollecta, aeri incisa, et luci destinata, post immaturam laudati artificio mortem... *Venetiis*, 1682, 2 part. en 1 vol. in-fol., planches à l'eau-forte, demi-rel. parch.

873. **Toppfer** (R.). Premiers Voyages en zigzag, ou Excursions d'un pensionnat en vacances dans les cantons suisses et sur le revers italien des Alpes, illustrés, d'après les dessins de l'auteur, d'un grand nombre de vignettes dans le texte et de 54 grandes gravures hors texte, par Calame, Girardet, Français, Daubigny, etc. *Paris*, *Garnier frères*, 1878, gr. in-8, br. couv.

874. **TOPOGRAPHIA GALLIAE**, datis, een algemeene en naeukeurige lant en plaets-beschrijvinghe van het Machtige Koninckrijk Vranckryck... *Amsterdam*, *J. Broersz en C. Merian*, 1660-1663, 4 vol. in-fol., vues et cartes, vélin.

Bel exemplaire.

875. **Tour du monde** (le), nouveau Journal des voyages, pub. sous la direction de M. Edouard Charton, et illustré par nos plus célèbres artistes (années 1875 à 1886). *Paris, Hachette et Cie*, 1875-1886, 12 années rel. en 20 vol. in-4, demi-rel. chag. r., pl. toile, tr. dor.

Manquent les années 1877 et 1880.

876. **Tournois**. Traité de la forme et devis comme on faict les Tournois, par Olivier de la Marche, Hardouin de la Jaille Anthoine de la Sale, etc., mis en ordre par Bernard Prost, enrichi de 16 planches, dont 9 doubles, coloriées au pinceau et rehaussées d'or. *Paris, Barraud*, 1878, in-8, pap. vergé, br. couv.

Ouvrage tiré à 260 exemplaires numérotés, n° 70.

877. **Trachten** der Dölker vom Beginn der Geschichte bis zum neunzehnten Jahrhundert in 100 Tafeln, von Albert Kretschmer, mit Tert von Dr Carl Rohrbach. *Leipzig*, 1864, in-4, avec 100 pl. color. rel. bas. viol., fers spéciaux, tr. dor.

878. **TREITZSAURWEIN** (Marc). Der (weisse) Kuning : eine Erzählung, von den Thaten Kais. Maximilien Ien ; *c'est-à-dire :* Relation des actions de l'empereur Maximilien Ier, écrite sous sa dictée, et publiée sur les mss. de la Bibliothèque impér. de Vienne. *Vienne, Jos. Kurzboeck*, 1775, 1 vol. in-fol. de texte, et 1 vol. in-4 de pl. (237), demi-rel. v. r.

Volume curieux, parce qu'il renferme 237 estampes gravées sur bois, d'après les dessins et sous la direction de Hans Burgmair. (*Brunet.*)

879. **TRÉSOR DE NUMISMATIQUE ET DE GLYPTIQUE**, ou Recueil général de médailles, monnaies, pierres gravées, etc., tant anciens que modernes, gravés d'après le procédé de Ach. Collas, avec un texte par Ch. Lenormant. *Paris, Rittner et Goupil*, 1834-37, 4 vol. in-fol., fig., cart., non rog.

Médailles coulées et ciselées en Italie aux xve et xvie siècles, 40 planches. — Médailles françaises depuis le règne de Charles VII jusqu'à celui de Louis XVI, 3 vol. contenant 160 planches.

880. **Tressan** (de). Histoire du petit Jehan de Saintré et de la Dame des Belles-Cousines, extrait de la vieille chronique de ce nom. *Paris, impr. de Didot jeune*, 1791, 1 vol. — Histoire de Gérard de Nevers et de la belle Euriant sa mie. *Paris, imp. de Didot jeune*, 1792, 1 vol. — Ensemble 3 vol. in-18, fig. de Moreau le jeune, mar. r., dos ornés, fil., tr. dor. (*Rel. de l'époque.*)

Mouillures.

881. **Tronchin du Breuil** (J.). Relation du voyage de S. M. Britannique en Hollande et de la réception qui luy a été faite, avec un récit de ce qui s'est passé de plus considérable depuis l'arrivée de S. M. en Hollande, le 31 janvier, jusqu'à son retour en Angleterre, au mois d'avril 1691. *La Haye, Arn. Leers*, 1692, in-fol., front. gr., portr. et pl., v. br.

882. **Turpin de Crissé** (Cte). Souvenirs du golfe de Naples, recueillis en 1808, 1818 en 1824. *Paris*, 1828, in-fol., pap. vél., titre gr., cartes, vign. et pl. (36), demi-rel. dos et coins de chag. r.

883. **Turpin de Crissé** (Cte T.). Souvenirs du vieux Paris; exemples d'architecture de temps et de styles divers, avec des notices historiques ou descriptives de Mme la princesse de Craon, Mme la comtesse de Meulan, etc. *Paris, impr. de E. Duverger*, 1835, in-fol., 30 pl. lithogr., demi-rel. v. vert.

884. **Types** et caractères anciens d'après des documents peints ou écrits par Th. Fragonard et Duféy, texte par A. Mazuy. *Paris, Delloye*, 1841, in-4, vign. et 20 lith. tirées en couleur hors texte, cart. (*Cart. de l'éditeur.*)

885. **Uzanne** (O.). La Française du siècle, modes, mœurs, usages. Illustrations à l'aquarelle de Alb. Lynch, gravées à l'eau-forte en couleurs par Eug. Gaujean. *Paris, A. Quantin*, 1886, gr. in-8, br., couv. gr. à l'eau-forte, avec médaillons de femmes, repoussés en relief.

886. **Vacquer** (Th.). Maisons les plus remarquables de Paris. *Paris, Caudrilier, s. d.* (1862), in-4, pl. (80), demi-rel. bas.

887. **VALDOR** (Jean). Les Triomphes de Louis le Juste, XIII du nom, roy de France et de Navarre, contenant les plus grandes actions où Sa Majesté s'est trouvée en personne, représentées en figures aenigmatiques exposées par un poëme héroïque (lat.) de Ch. Beys, et accompagné de vers françois sous chaque figure, composez par P. de Corneille, avec les portraicts des rois, princes et généraux d'armée qui ont assisté ou servi Louis le Juste combattant, et leurs devises, ou exposition en forme d'éloge, par H. Estienne, sieur des Fossez..., le tout traduit par le R.-P. Nicolai. Ouvrage entrepris et fini par J. Valdor. *Paris, Impr. royale, par Ant. Estienne*, 1649, in-fol., fig., v. ant. (*Rel. fatiguée.*)

888. **Valerio**. Souvenirs du Tyrol, du Vorarlberg et de la Haute-Bavière. Recueil de 12 planches. — Suite de grands croquis composés et de paysages d'après nature, pour l'étude de la mine de plomb. Recueil de 12 planches. —

Suite progressive de croquis pour l'étude de la mine de plomb. Recueil de 24 planches. — Ensemble 48 pl. en 3 vol. in-fol. et in-4 obl., demi-rel. bas.

889. **VAN DYCK** (Ant.). De Konstkamer der allerschoonste portraitten van verscheide prinsen en prinsessen, doorlugtige Mannen, vermaarde schilders en andere Geschildert, door den vermaarden Antoni van Dyck, *In's Graavenhaage, by Alberts en Vander Kloot*, 1728, in-fol. de 50 portraits, cart., non rog.

890. **VAN DYCK** (Ant.). **ICONOGRAPHIE**, ou Vies des hommes illustres du XVIIe siècle, écrite par M. V***, avec les portraits peints par Ant. Van Dyck et gravés sous sa direction. *Amsterdam*, 1759, 2 tomes en 1 vol. in-fol., portraits (125), v. marb.

891. **Vasi** (Giuseppe). Raccolta della piu belle vedute antiche e moderne di Roma, disegnate ed incise secondo lo stato presente, dal cavalier G. Vasi. Recueil de 100 planches gr. *Roma*, 1786, in-fol. obl., cart.

892. **Vatout** (J.). Galerie lithographiée des tableaux de S. A. R. le duc d'Orléans, publiée par MM. J. Vatout et P. S. Quénot. *Paris, Motte.* (1825-29), 2 vol. gr. in-fol., fig., demi-rel. v. f., non rog.

893. **Vatout** (J.). Histoire lithographique du Palais-Royal. *Paris, Motte, s. d.*, in-fol., pl. (40), demi-rel. bas., éb.

894. **Vaulabelle** (Ach. de). Histoire des deux Restaurations jusqu'à l'avènement de Louis-Philippe (de janvier 1813 à octobre 1830). *Paris, Perrotin*, 1858, 8 vol. in-8, demi-rel. chag. La Vall.

895. **Vecellio** (Cesare). Habiti antichi et moderne di tutto il Mondo. — Vestibus antiquorum, recentiorumque totius Orbis, per sulstatium Gratilianum senapolensis latine declarati. *In Venetia*, 1598, *appresso Gio Bernardo Sessa*, in-8, fig. sur bois, demi-rel. v. ant.

Manque le commencement et la fin.

896. **Vecellio** (C.). Costumes anciens et modernes, contenant 513 fig. tirées en noir, dess. par G. Séguin, gr. par Huyot, et accompagnées de l'explication en texte italien avec traduction française. *Paris, F.-Didot*, 1860, 2 vol. in-8, demi-rel. chag. r.

897. **Vénerie** (Ouvrages sur la). 4 vol. in-4 et in-8, rel., fig.

La Vénerie de Jacques du Fouilloux. *Paris, Cl. Cramoisy*, 1624. — Nouveau Traité de vénerie contenant la chasse du cerf, du chevreuil, du sanglier, etc., par Ant. Gaffet, sieur de La Brifardière. *Paris, Nyon*, 1750. — L'Agriculture et Maison rustique de Ch. Estienne et Jean Liébault. *Rouen, Rom. de Beauvais, s. d.* (1602). — Livret des chasses du Roi, pour 1827.

898. **Vento** (Cl.) Violette. Les Grandes Dames d'aujourd'hui. Illustrations de Saint-Elme Gautier. *Paris, Dentu*, 1886, in-8, portraits, br., couv.

899. **Vernet** (H.). Tableaux historiques d'Horace Vernet, avec une notice historique sur l'auteur, par E.-J. Delécluze. *Paris, bureau des galeries historiques de Versailles, s. d.*, (1863) in-fol. de 33 planches tirées sur Chine, en feuilles, dans un carton.

900. **Vétault** (Alph.). Charlemagne, introduction par Léon Gautier. Ouvrage orné de 2 eaux-fortes par Léop. Flameng, 4 chromolith., 15 gravures hors texte, une cart. et de nomb. dessins dans le texte. *Tours, Mame et fils*, 1877, gr. in-8, demi-rel. chag. r. pl. toile, tr. dor.

901. **Veuillot** (L.). Jésus-Christ, avec une étude sur l'art chrétien par E. Cartier, ouvrage contenant 180 gravures exécutées par Huyot père et fils et 16 chromolith., d'après les monuments de l'art depuis les catacombes jusqu'à nos jours, 3e édit. *Paris, F.-Didot et Cie*, 1876, in-4, demi-rel. chag. r., pl. toile, fers spéciaux, tr. dor.

902. **Vie** élégante (la). Modes, beaux-arts, sport, littérature, voyages. *Paris, Librairie illustrée, s. d.*, 2 vol. gr. in-8, front. par F. Rops, nomb. fig. dans le texte et pl. hors texte, cart. toile bleue, tr. dor.

903. **Vigny** (Alf. de). Cinq-Mars, ou une Conjuration sous Louis XIII. *Paris, U. Canel*, 1826, 2 vol. in-8, demi-rel. v. f.

Édition originale.

904. **Ville-Hardouin** (G. de). Conquête de Constantinople, avec la continuation de Henri de Valenciennes, texte original, accompagné d'une traduction par Natalis de Wailly, 2e édit. *Paris, F.-Didot et Cie*, 1874, gr. in-8, carte, bordures et lettres initiales empruntées aux ms. des XIIe et XIIIe siècles, demi-rel. dos et coins de mar. rouge, dos orné, fil., tête dor., éb.

905. **Viollet-le-Duc**. Essai sur l'architecture militaire au moyen âge. *Paris, Bance,* 1854, gr. in-8, nombr. fig. dans le texte, demi-rel. chag. violet, pl. toile.

906. **Viollet-le-Duc**. Dictionnaire raisonné du Mobilier français de l'époque carlovingienne à la Renaissance (tome Ier). *Paris, Bance,* 1858, in-8, fig., demi-rel. chag. vert.

907. **Virgilius**. Opera Virgiliana, cum decem commentis, docte et familiariter exposita, docte quidem Bucolica et Georgica a Servio, Donato, Mancinello et Probo, cum adnotationibus Beroaldinis, Mancinellum, Probum, Aug. Datho... (*In fine :*) *Lugduni, in typographaria officina Johannis Crespini, anno* 1529, in-fol., fig., v. marb.

Édition qui comprend le XIIIe livre de l'*Énéide,* les Priapea et les petits poèmes; elle est ornée d'une immense quantité de grandes et remarquables figures sur bois. Quatre feuillets coupés dans la marge du bas.

908. **VISCONTI** (E. Q.). Iconographie ancienne, ou Recueil des portraits authentiques des empereurs, rois et hommes illustres de l'antiquité. Première partie : Iconographie grecque. *Paris, de l'imprimerie de P. Didot l'aîné,* 1808, 3 vol. — Deuxième partie : Iconographie romaine; hommes illustres. *Paris, P. Didot l'aîné,* 1817-1826, 4 vol. — Ensemble 7 vol. in-fol. max., fig., demi-rel. chag. r., non rog.

909. **Visconti** (E. Q.) Iconographie grecque et romaine. *Paris, P. Didot l'aîné,* 1811-1829, 7 vol. in-4 de texte, et atlas in-fol. de pl. demi-rel. chag. vert.

910. **Voltaire**. Œuvres complètes. *Paris, P. Dupont,* 1825, 70 vol. in-8, br.

Exemplaire auquel on a ajouté une collection de 68 figures, par divers artistes, pour illustrer la Pucelle.

911. **Voltaire**. Œuvres complètes, avec des notes et une notice historique sur la vie de Voltaire, par Condorcet. *Paris, Furne et Cie,* 1846, 13 vol. gr. in-8 à 2 col., demi-rel. v. f.

912. **Voltaire**. La Henriade, poème, ornée de dessins lithographiques. *Paris, Dubois,* 1825, in-fol. demi-rel., dos orné, non rog. (*Simier.*)

913. **Voyages** de Leurs Majestés l'Empereur et l'Impératrice dans les départements de l'Ouest, août 1858. — Dans le sud-est de la France, en Corse et en Algérie, 1860. — En Algérie, de S. M. Napoléon III, 1865. — En Lorraine et à Amiens de S. M. l'Impératrice et du Prince impérial. — Ensemble 4 vol. in-4, fig., cart. toile, fers spéciaux.

914. **Voyage** de S. A. R. Monseigneur le duc de Montpensier, à Tunis, en Égypte, en Turquie et en Grèce. Album dessiné par M. de Sinety, lieutenant de vaisseau, lithographié par Bayot, Dauzats, Guiaud, etc. *Paris, Arthur Bertrand, s. d.*, gr. in-fol., pl., demi-rel. v. f. planches mont. sur onglets.

915. **Voyage** où il vous plaira, par Tony Johannot, Alf. de Musset et P.-J. Stahl. *Paris, J. Hetzel*, 1843, in-4, fig., cart. toile, tr. dor. (*Cart. de l'éditeur.*)

916. **Voyage** pittoresque (Nouveau) de la France, orné de 360 gravures exécutées sur les dessins faits d'après nature, et représentant des vues des principales villes de France, ports de mer, monuments anciens et modernes, etc., etc. *Paris, Ostervald*, 1817, 3 vol. in-8, demi-rel. chag. r., non rog.

917. **Vues** pittoresques des comtés de Westmorhand, Cumberland, Durham et Northumberland, dessinées d'après nature par Th. Allons, G. Pickering, etc., avec des notices historiques et topographiques par Th. Rose. Le texte français rédigé par J.-F. Gérard. *Londres, H. Fisher*, 1832, 3 tomes en 1 vol. in-4, avec pl., demi-rel. chag. violet, pl. toile, tr. dor.

918. **Vulson de la Colombière** (Marc de). Le Vray Théâtre d'honneur et de chevalerie, ou le miroir héroïque de la noblesse. *Paris. Aug. Courbé*, 1648, in-fol. front. gr., portr. du cardinal Mazarin, d'après Champaigne, gr. par Morin et fig., demi-rel. v. ant. (*Qq. mouillures.*)

920. **Vulson de la Colombière**. Les Hommes illustres et grands Capitaines français qui sont peints dans la Galerie du Palais Royal... avec leurs portraits, armes et devises, dessignez et gravez par les Srs Heine et Bignon, peintres et graveurs du Roy. *Paris, Est. Loyson*, 1690, in-fol. fig., demi-rel. bas.

921. **Wallon** (H.). Jeanne d'Arc, édition illustrée de 14 chromos et de 200 gravures, d'après les monuments de l'art, depuis le xve siècle jusqu'à nos jours, 3e édit. *Paris, F. Didot et Cie*, 1877, in-4, demi-rel. chag. r. pl. toile, dor.

922. **Werner** (amiral). Souvenirs maritimes, traduction de Noé, dessins de Ginoz. *Paris, Delagrave, s. d.*, gr. in-8, br., couv. illust.

923. **Wilhelmo im Hoff** (Jacobo). Excellentium familiarum in Gallia Genealogiæ a prima earundem origine usque ad praesens ævum deductæ et notis historicis, quibus memorabilia regni Galliæ, regumque et clarorum toga et sago virorum facta moresque ac dignitates recentur, illustratæ, cum iconibus insignium et indicibus necessariis. *Norimbergae*, 1687, in-fol., front. gr. et blasons, rel. vélin.

924. **Willemin** (N. X.). Choix de costumes civils et militaires des peuples de l'antiquité ; leurs meubles, etc. *Paris, l'auteur*, 1798-1802, 2 vol. gr. in-fol., pl. (180), demi-rel. bas. verte. (*Quelques mouillures.*)

925. **WHIRSKER**. Les Métamorphoses de Melpomène et de Thalie, ou Caractères dramatiques des comédies française et italienne, dessiné d'après nature par Whirsker. *Paris, chez l'auteur et chez Mégré, s. d.*, in-8, demi-rel. bas.

Un très beau titre gravé, 23 fig. numérotées et une planche gravées contenant la liste des artistes avec les titres des pièces.

Ce recueil, très intéressant sous le rapport des costumes de théâtre du XVIIIe siècle, renferme les portraits en pied des principaux auteurs de la comédie française et de la comédie italienne.

Exemplaire avec les figures coloriées.

926. **Yriarte** (Ch.). Goya, sa biographie, les fresques, les toiles, les tapisseries, les eaux-fortes et le catalogue de l'œuvre, avec 50 planches inédites d'après les copies de Tabar, Bocourt et Ch. Yriarte. *Paris*, *Plon,* 1867, in-4, cart. toile bleue.

927. **Yriarte** (Ch.). Florence. — L'Histoire. — Les Médicis. — Les Humanistes. — Les Lettres. — Les Arts. Orné de 600 gravures et planches, 2e édit. *Paris*, *J. Rothschild*, 1881, in-fol., riche cartonnage en toile, orné de fers spéciaux, tr. dor.

Sur l'un des plats, les armes des Médicis en couleurs.

928. **Yriarte** (Ch.). Histoire de Paris, ses transformations successives, avec vignettes, chromos et eaux-fortes. Souvenir de l'inauguration du nouvel Hôtel de Ville, le 13 juillet 1882. *Paris*, *J. Rothschild*, 1882, gr. in-4, br., couv. illust.

929. **Yriarte** (Ch.). La Vie d'un patricien de Venise au XVIe siècle, d'après les papiers d'État des Frari, avec 136 gravures et 8 planches sur cuivre, reproductions des monuments du temps et des fresques de Paul Véronèse. *Paris*, *J. Rothschild*, *s. d.*, gr. in-8, pap. vél. teinté, br., couv.

930. **Zienkowicz** (L.). Les Costumes du peuple polonais, suivis d'une description exacte de ses mœurs, de ses usages et de ses habitudes. *Paris*, 1841, in-4, avec 40 pl. color., demi-rel. v. vert.

931. **Zuccari**. Illustri fatti farnesiani coloriti nel real palazzo di Caprarola dai fratelli Taddeo, Fed. et Ottav. Zuccari, disegnati ed incisi in rame da Georg. Gasp. de Prenner. *Roma*, 1748, in-fol. portr. et pl. (27) au lieu de 36, demi-rel. v.

Manque dans : *Sala de Fatti Farnesi*, les pl. 7, 17, 18, 19, 20, 21 ; — dans *Anticamera del Concilio*, les pl. 5, 10 et 14.

Paris. — Typ. Georges Chamerot, 19, rue des Saints-Pères. — 23438.

www.ingramcontent.com/pod-product-compliance
Ingram Content Group UK Ltd.
Pitfield, Milton Keynes, MK11 3LW, UK
UKHW020921180726
13838UKWH00002B/690

9 782329 37150